첫사랑의 세 번째 법칙

비행청소년 15

첫사랑의 세 번째 법칙

초판 1쇄 인쇄 2017년 12월 8일
초판 1쇄 발행 2017년 12월 15일

지은이 설흔
펴낸이 홍석   전무 김명희
인문편집부장 김재실   편집 나성우   디자인 신병근
마케팅 홍성우·이가은·김정혜·김정선   관리 최우리

펴낸 곳 도서출판 풀빛   등록 1979년 3월 6일 제8-24호
주소 03762 서울특별시 서대문구 북아현로 11가길 12 3층
전화 02-363-5995(영업), 02-362-8900(편집)   팩스 02-393-3858
홈페이지 www.pulbit.co.kr   전자우편 inmun@pulbit.co.kr

ISBN 979-11-6172-707-3 44810
ISBN 978-89-7474-760-2 44080(세트)

이 책의 국립중앙도서관 출판시도서목록(CIP)은
서지정보유통지원시스템 홈페이지(seoji.nl.go.kr)와
국가자료공동목록시스템(www.nl.go.kr/kolisnet)에서 이용하실 수 있습니다.
(CIP제어번호 : CIP2017030315)

비행청소년
15

첫사랑의 세 번째 법칙

설흔 지음

풀빛

1

~~~~

첫 글을 쓰는 사람에게 첫 문장보다 중요한 건 없다. 첫사랑, 첫 키스, 첫 여행, 첫 이별, 첫 후회, 첫 울음, 첫 재회 따위는 명함도 못 내민다. 첫 삽질이 엇비슷하긴 하다. 첫 한 삽이 작업의 총 소요 시간, 그리고 질과 방향까지 몽땅 결정한다는 의미에서. 첫 문장을 첫 삽질이라고 바꿔 부르면 어떨까? 초짜의 글쓰기란 결국 방향성 없는 삽질의 연속이니까. 그래, 정확하게 말하면 '삽질하고 있네.'의 그 삽질! 바닥에 북두칠성처럼 중구난방으로 구멍이 뚫린 독에 물 붓기, 사자 갈기처럼 갈기갈기 찢어진 부채로 산불 끄기, 주먹 크기보다 작은 개구리 한 마리 겨우 사는 우물 바닥에 앉아 하늘 크기 재기, 목욕 수건보다 두꺼운 안대로 눈 가리고 에베레스트 산 겨울에 오르기 등등도 다 비슷한 표현이고.

원래 나는 '종점이 시점이 된다.'로 첫 삽질을 뜨려고 했다. 주고받기를 거듭하다 페이가 마지막으로 내게 준 시인의 책에는 누렇게 빛이 바랜 메모지가 한 장 끼어 있었다. 책을 펼치면 마법처럼 그 면이 나타난다. 마법 때문만은 아니다. 메모지의 무게, 간섭, 한숨, 또는 메모지에 적힌 글의 역사 때문에. 메모지를 책장처럼 취급해서 오른쪽으로 넘기면 —읽기도 힘든 세로쓰기 책이라는 사실!— 곧바로 제목이 보이고 한 줄 퐁당 건너뛴 뒤 종점이 시점이 된다는 문장이 위에서 아래로 떨어진다. 처음엔 그럴싸해 보였다. 뫼비우스의 띠, 고대 밀교의 의식, 윤회 사상, 꼬리를 문 그리스 뱀 우로보로스가 앞다퉈 저절로 떠올랐다. 내가 아는 가장 신비한 것들. 고승과 코브라와 마법사가 지하철을 타고 등장하는 영화에서 본 것들. 시인의 문장은 역시 좋구나, 탁월하구나, 독보적이구나, 판타스틱하구나, 하고 무릎을 탁, 탁, 탁, 탁 쳤다. 흠, 거기까지였다. 세 시간 넘게 종점과 시점 사이를 노려보았다. 빈 공간에선 지렁이 새끼 한 마리 튀어나오지 않았다. 결국 포기하고 식은 커피만 사약처럼 단숨에 들이마셨다.

그다음엔 '눈매가 도루코 면도날처럼 날카로운 남자의 이름은 이용이었다.'가 등장했다. 여러모로 의미 빵빵한 문장이었고, 짝퉁 와호장룡 같은 무협지적인 느낌도 좋았으나 이용이라는 이름이 거슬렸다. 아빠가 술 먹고 들어온 밤이면 거실 오디오 볼륨을 5에서 11

로 높이고 줄기차게 따라 부르던 노래가 바로 〈잊혀진 계절〉이었다. 이용은 그 노래를 부른 가수였고. 1992년, 아빠 말에 의하면 '신인류'가 기승을 부리던 때에 태어난 내가 이용을 아는 것, 노래방에서 〈잊혀진 계절〉을 혀 꼬아 부르다가 한때 친구였던 애들의 욕바가지가 된 것은 다 아빠 때문이었다.

그다음엔 '여자애의 얼굴을 본 순간 나는 스크림 마스크처럼 입 길게 벌리고 소리를 지를 뻔했다.'를 놓고 한참 고민했다. 우당탕탕 소리 요란하게 문을 발로 걷어차고 사건 한가운데로 곧바로 치고 들어가는 격이라 박진감 하나는 넘쳤다. 왠지 연애소설을 빙자한 B급 공포소설 분위기가 풍겨서 좋기도 했고. 그러나 여자애를 만나기 전에 겪었던 일을 웨스 크레이븐처럼 요령 있게, 또는 괴이하게 따로 빼내어 설명하기가 만만치 않았다. 호러 리듬에 만연체 사설을 풀었다간 리메이크한 사이코 영화처럼 진부한 공포 활극으로 흐를 가능성이 구십구 퍼센트였으니까. 그래서 이것도 포기.

그 이후 내 머릿속에 떠올랐던, 썼다 지웠던, 지웠다가 다시 썼던, 또 지웠던, 또 썼던, 다시 지우고 또 썼던 수십 개의 문장, 또는 수십, 수백 번의 삽질을 여기에 다 소개할 필요는 없을 것 같다. 이십 대 초반 남성의 불안정한 심리 연구, 또는 대중문화가 소시민의 정신세계에 비친 지릴 깊은 영향 피악을 위한 기초 자료 외에는 아무짝에도 쓸모없는 쓰레기들이었으니까. 썼다 지운 건, 지웠다가 다시 쓰고 다시 지운 건 페이의 이름, 또는 이름들뿐이었으니까. 한심하다고 해야 할지, 순진하다고 해야 할지, 로맨티스트라고 해야 할지, 편집증이라고 해야 할지, 다 맞는 것 같지만 자존심상 도저히 인정하기는 싫어서 딱 하나만을 고르자니 참 애매한. 그래서 슬픈.

결국 나는 정공법을 택하기로 했다. 멋 부리지도 않고, 비장한 체하지도 않고, 놀란 척하지도 않고 그저 담담하게 써 내려가기로 말이다. 처음부터 끝까지, 일이 일어난 순서대로, 불리한 싸움을 앞둔 이순신 장군이 칼등으로 가슴 두드리며 일기 쓰듯, 임금한테 작살난 조선 시대 사관이 입술 잘근잘근 깨물며 실록 초안 쓰듯, 솔직하고 초연한 자세로 적어 가기로 말이다. 5년 전, 기린교를 건너 다시 세상에 돌아온 그 순간의 깨끗하고 단호했던 마음, 페이의 집 앞에 쌓인, 아니 결코 쌓일 수 없는 눈을 쓸려던 그 아름답던 마음으로 돌아가서.

2

나무우물은 처음 보았다. 신기한 마음에 우물 안을 가만히 들여다보는데 누군가 내 머리를 탁 쳤다. 예상하지 못한 공격에 억 소리가 절로 나왔고 어설픈 반격을 하려다 순간적으로 신체 균형을 잃었다. 하마터면 전시품 보호를 위해 설치된 유리에 째진 눈으로 맞짱 뜰 뻔했다. 반사적으로 튀어나오려는 욕을 혓바닥을 말아 간신히 억눌렀다. 분노의 눈길을 한껏 장착한 후 고개를 들었다. 도대체 어떤 인간이…… 아, 온몸에 주었던 힘이 쑥 빠졌다. 페이였다. 웃음기 없는 얼굴을 한 페이가 내 눈앞에 서 있었다. 귀와 목 사이에서 찰랑거리는 단발머리는 6개월 전 그대로였다. 하긴, 페이의 머리는 바뀐 적이 없었지. 중학생 시절 길에서 처음 보았을 때부터 내 머리를 탁 소리 요란하게 갈긴 지금까지. 내 머리가 귀 드러난 단정한 머리에서 빡빡머리로, 파마머리로, 포니테일로, 다시 빡빡머리로 바뀌는 동안, 내 사회적 지위가 중학생에서, 고등학생으로, 재수생으로, 대학생으로, 자퇴생으로, 군 입대 대기자로 바뀌는 동안, 페이는 늘 단발머리였으니까. 6개월 4일 만에 다시 만난 내게 건넨 첫마디는 페이다웠다. 어조는 퉁명스러웠고 내용은 엉뚱했다.

바퀴벌레 새끼라도 들었을 것 같니?

6개월 4일 전의 나였다면 썩은 미소와 함께 가운뎃손가락을 쭉 내밀어 주근깨 꽃핀 낮은 콧등을 어루만지듯 톡톡 건드렸겠지. 페이는 귀엽고 매서운, 자칭 설악산 반달곰 주먹으로 내 머리를 쥐어박으려 했을 테고. 그건 6개월 4일 전의 이야기였다. 곰이 사람으로 두 번 바뀌기에는 약간 모자란 6개월 4일은 나라는 인간의 행동 양식을 백팔십도 바꾸었다. 페이 없이 6개월 하고도 4일을 더 지낸 나는 어디에 내놔도 부족함이 없는 예의 바른 인간으로 진화했다. 이제 그 변화된 모습을 페이에게 선보일 시간. 나는 미국인의 우상 개츠비처럼 입 다물고 한쪽 입술만 올리고 멋있게 웃으려 애쓰며 잘 지냈니, 하고 점잖게 대꾸했다. 엥, 하는 민방공 사이렌 소리 비슷한 대꾸가 돌아왔다. 비난과 무시와 경멸이 3분의 1씩 고루 섞인 응답. 꾹 참았다. 가운뎃손가락을 내밀지도 않았고, 반박 또는 변명의 말을 이어 붙이지도 않았다. 그저 번지수 잘못 찾은 웃음만 입가에서 슬며시 지웠을 뿐. 레이저 눈빛으로 나를 쏘아보던 페이는 고개를 확 돌리곤 전시 관람에 몰두하는 척했다. 페이도 알기는 알았을 것이다. 자신이 척한다는 사실을 내가 알고 있다는 걸. 그래도 척하는 태도를 바꾸지 않기에 나도 똑같이 행동했다. 페이처럼 고개를 확 돌리곤 전시 관람에 몰두하는 척했다. 맞춤법도 낯선 오래된 시집 몇 권을 대충 훑어보다가 굼벵이처럼 느리게 고개를 돌려 페이를 보았다. 페이는 등에 동작 감지 센서라도 달린 22세기 로봇처럼 민첩하게 행동했다. 갑자기 몸을 돌려 제2전시실로 향했던 것. 페이는 형무소 문 같은 육중한 철문을 열고 내 시야에서 순식간에 사라졌다. 철문이 열렸다 닫히는 소리는 끔찍했다. 마치 단두대에서 목이 댕강 잘리는 느낌. 물론 난 단두대에 서 본 적은 없지만. 삐딱선을 자주 타는 엄마와 나의 반사회적 성격을 고려해 보면 외가 쪽 조상님 중엔 두서너 분 계셨을 수도 있겠지만.

당장 따라 들어가면 너무 속 보일 것 같았다. 그건 예의 바른 행동이 아니지. 개츠비 과도 아니고. 문을 향해 손만 쭉 뻗고 어쩔 줄 몰라 어색하게 두리번거리다가 도슨트와 눈이 마주쳤다. 돌아가신 내 할머니 같은 따뜻하면서도 반짝이는 눈빛을 지닌 도슨트는 빙긋 웃었다. 웃을 때 눈이 사라지는 것도 할머니와 똑같았다. 보고 싶은 할머니. 할머니만 살아 계셨어도 나와 페이는…… 물론 그건 부질없는 가정. 아마도 도슨트는 다 알고 있었겠지. 폐장 시간이 임박한 문학관의 관람객은 나와 페이뿐이었으므로. 우리가 연극의 주인공처럼 무대 중앙에 서서 말하고 행동했기 때문에 듣지 않으려 해도 다 들렸을 테고 보지 않으려 해도 다 보였을 테니. 머릿속, 가슴속, 호주머니 속까지 다 들킨 후였지만 그래도 나는 아닌 척 시간을 더 끌었다. 괜히 나무우물 한 번 더 보았고(바퀴벌레 새끼도, 지네 성충도 없었고), 오래된 시집의 낡은 활자를 수리수리마수리 주문 외듯 속으로 한 번은 빠르게 한 번은 천천히 읽었고, 시인의 옛 사진을 최신 게임 설명서 읽듯 정독했다. 그런 뒤 제2전시실 쪽으로 슬금슬금 발걸음을 옮겼다. 제1전시실의 모든 전시를 꼼꼼하게 다 보았으니 1 다음에는 2라는 순서에 따라 다음 전시실로 옮겨 간다는 마음이 공기를 통해 자연스럽게 전달되기를 애쓰며. 나는 천천히 철문을 열었다. 물론 그건 소용없는 짓이었다. 무거운 철문은 여지없이 목 자르는 소리를 냈다. 게다가 도슨트의 시선은 내 등에 단검처럼 확실하게 꽂혀 있었고, 페이 또한 문을 열면 곧바로 보이는 벽에 등을 기대고 있다가 재빨리 나를 보았다. 물론 페이는 나를 못 본 척하려 했지만 그건 소용없는 짓이었고. 페이의 단발머리는 목을 살짝 건드리며 미세하게 찰랑댔고 감춰물었던 입술도 살짝 벌어졌다 다시 원위치로 돌아갔으니까. 아, 페이. 거짓말을 못하는 페이.

나는 힘겹게 철문을 닫고 페이 옆으로 다가갔다. 아무것도 모르는 사람처럼 페이 옆에 다가가 벽에 등을 기대고 하늘을 보았다. 그게 마치 전시 관람 법칙이라도 되는 것처럼. 옛 시인의 문학관을 여태 보지 못했을 당신을 위해 잠깐 설명을 하고 넘어가야 할 것 같다. 제2전시실은 전시실이면서도 전시실이 아니었다. 실외 공간이며 전시품도 하나 없는 제2전시실은 첫 번째와 세 번째를 잇는 가교였다.

두 번째를 지나지 않고는 결코 세 번째에 도달할 수 없다는 의미에서. 그러나 이름 그대로 두 번째 전시실이기도 했다. 육중한 철문, 사방이 벽으로 막힌 회색빛 공간, 굴뚝을 닮은 조형물은 그곳이 특수한 목적을 위해 공들여 조성된 공간임을 알려 주고 있었다. 시인의 삶을 알건 모르건 감정을 지니고 있으면서 눈 제대로 뜬 인간이 도달할 수 있는 결론은 하나뿐이었다. 감옥!

구름 한 점 없는 하늘은 텅 비어 보였다. 뭔가가 빠진 것처럼 보였다. 또는 나사가 풀린 것처럼 보였다. 종합하면 어딘가 부족하고 허술해 보이는 하늘이었다. 그게 꼭 나 때문인 것 같아서 죄책감을 느꼈다. 그렇다고 하늘을 만족시키기 위해 시인이 그랬던 것처럼 내 죄를 사과처럼 꺼내 고백하고 싶지는 않았다. 밑도 끝도 없이 그랬다간 페이가 자신에게 사과하는 걸로 오해할지도 모르니까. 그럴 거면 미련한 곰처럼 6개월 4일을 버티지도 않았을 것이고. 침묵을 깬 건 페이였다.

넌 개자식이야. 교활한 돼지 새끼 같은 놈이기도 하고.

나는 아무 말도 하지 않았다. 고개를 돌리지도 않았다. 페이의 말을 인정해서는 아니었다. 얼굴도 보기 싫을 정도로 화가 나서도 아니었다. 사람인 내가 개의 자식이거나 (교활한) 돼지의 (교활한) 새끼일 수는 없는 법이니까. 무엇보다도 페이는 국어책 읽듯 감정 없이 두 문장을 이어서 내뱉었으니까. 그건 내게 작은 희망이었다. 감정을 절제했다는 것, 그건 일말의 가능성이 분명 남아 있다는 뜻이니까. 그래서 나는 하늘을 보다 문득 들었던 궁금증을 질문으로 옮겼다.

시인의 책에 실린 시들은 이런 공간에서 탄생했을까?

이런 공간이라니?

예를 들면 감옥.

무식하긴. 감옥에 가기 한참 전에 다 써서 후배한테 넘겼어. 그래서 해방 후에 시집으로 출간될 수 있었던 거고. 도대체 시인의 책은 코로 읽었니? 발로 읽었니? 국문과였던 건 맞니?

단어들이 하나같이 날카로운 독화살 촉이었다. 나도 모르게 어깨를 움찔했다. 견딜 수 있다고 생각했지만 꼭 그렇지는 않다. 6개월 4일간의 공백 때문일까, 전보다 더 아팠고 생경했다. 단어와 표현은 비슷했으나 어딘가 모르게 더 지독하고 더 낯설었다. 더 견딜 수 없을 것 같아서 페이를 보았다. 무언가가 내 가슴으로 날아왔다. 허겁지겁 손을 뻗어 간신히 받아 냈다. 시인의 책이었다. 둘이서 피구 하듯 주고받았던 책. 소유주는 따로 있으나 우리 것처럼 번갈아 소유했던 책. 함께 낄낄거리고, 함께 놀라고, 함께 이야기를 나누고, 함께 시를 베껴 쓰고, 함께 의견을 적고, 함께 한숨 쉬었던 책. 오래된 책. 포스트잇과 메모의 책. 얽히고설킨 관계의 역사가 담긴 책. 그러나 그건 우리 관계가 좋았던 시절의 이야기였다. 이젠 다 지나간 일. 철지난 사랑 노래. 이용의 노래 같은. 그렇다면 책은 페이가 갖고 있어야 마땅했다. 원 소유주는 페이의 아버지였으니까. 우리의 추리상 그렇게 추정되었으니까. 그래서 질문을 했다.

왜 나한테 주는 건데?

예상대로 답은 없었다. 답을 할 마음이었으면 던지지도 않았겠지. 페이는 나를 투명인간 취급했다. 눈길 한번 주지 않고 그대로 나를 지나쳐서 철문을 열고 닫았다. 또다시 잘려 나가는 목. 불쌍한 우리 엄마 조상님. 혼자 남은 나. 슬며시 올라오는 좌절과 분노. 그러나 흥분해서는 안 된다. 견뎌야 한다. 나는 새사람이니까. 거듭난 사람이니까. 침착하게 가방을 열어 책을 넣었다. 독방에 갇힌 죄수의 심정이 되어 하늘을 보았다. 하늘은 여전히 부족하고 허술해 보였다. 도대체 뭐가 빠진 걸까? 하늘이라고 휘갈겨 써야 하는 걸까? 시인처럼 있는 죄 없는 죄 다 찾아 고백해야 하는 걸까? 내 몸의 피로 참회록이라도 써서 바쳐야 하는 걸까? 내가 하늘을 독해하려 애쓰는 동안 다시 철문이 열렸다. 이번엔 토끼 목 잘리는 정도의 소리만 났다. 요령 있는 솜씨. 배우고 싶은. 도슨트 할머니였다. 반짝이는 눈빛으로 잠깐 나를 바라보던 할머니는 빙긋 웃으며 관람 시간 종료를 선언했다.

3

수성동의 물소리는 온 신경을 집중해야 간신히 들렸다. 졸졸졸졸. 백 개의 골짜기와 천 개의 개울을 흐르는 물소리가 산을 찢는 것 같아서 수성동이라는 이름이 붙었다고 안내판에 적혀 있었다. 그건 완벽한 뻥이거나 호랑이 담배 먹던 시절의 이야기였다. 이 정도 물소리에 산이 찢어졌다간 남아나는 산이 없겠지. 전국의 계곡엔 찢어진 산이 물 따라 이리저리 흘러 다녔겠지. 그중 한두 개는 낚싯대에도 걸렸을 테고. 산을 낚다니 이 어찌 멋진 일이 아니겠는가. 페이에게 했을 법한 싱거운 농담이 머리에 졸졸졸졸 흘렀다. 시냇물이 졸졸졸졸 고기들이 왔다 갔다, 하는 동요가 박자 맞추듯 입에서 튀어나온 건 당연한 일. 거기까지였다. 그다음 가사가 뭔지는 한 글자도 떠오르지 않았다. 깍지 끼고 고개를 좌우로 흔들며 한 번 더 불러 봐도 사정은 마찬가지였다. 포기했다. 중요한 일도 아니었다. 동요 부르려고 수성동에 온 건 아니었으니까. 머릿속의 페이가 나서서 질문을 던졌다. 그럼 수성동엔 도대체 왜 왔니?

이런 답은 어떨까? 길이 있었으니까.

대동여지도의 제작자 김정호 할아버지의 입에서나 나올 법한 소리라고? 그러나 하늘에 맹세하고 말하건대 내 말엔 한 점의 거짓도 없다. 도슨트 할머니의 배웅을 받고 문학관에서 나온 나는 혹시나 해서 주위를 둘러보았다. 페이는 없었다. 시인의 언덕으로 갈 수 있는 계단이 있기에 올라가 보았다. 역시나 페이는 없었다. 나타났을 때처럼 깔끔하게 사라졌다. 돌아보지 않는 것, 그게 페이의 스타일이었다. 페이의 아름다움이었다. 언덕 풍경은 볼썽사나웠다. 이름은 시인의 언덕이었는데 내가 본 건 사랑의 언덕이었다. 쌍을 이루지 못한 사람은 입장불가, 아니꼬우면 입 다물고 꺼지든지, 라고 표지판에 고딕체로 적혀 있는 격이었다. 이래서야 여자 한 명 사랑한 적 없다고 고백한, 결혼도 못 하고 죽은 시인도 편안히 쉬기는 어려울 터. 두 손 모아 시인에게 동병상련의 위로 인사를 건넸다. 그러고는 자연스럽게 눈앞에 보이는 길로 들어섰다. 그 길이 바로 산자락 길. 길 따라가면 사직동이 나온다는 설명만 믿고 터덜터덜 한참을 걸었다. 그런데 갑자기 수성동 표지판이 등장했다. 친숙하기도 하고 뭔가 있어 보이는 그 이름. 잠깐 생각하다 방향을 틀었다. 겨울치곤 따뜻하다 해도 겨울은 겨울이었다. 해는 서산으로 저물고 있었으며 왕족도 아닌 나는 사직동과는 그 어떤 인연도 없었다. 방향을 틀 만한 충분한 이유들이었다.

물소리는 처참한 수준이었으나 수성동에 볼 게 전혀 없지는 않았다. 안내판 뒤로 보이는 인왕산의 큰 바위 얼굴 닮은 검은 그림자는

17

제법 크고 아름다웠다. 인왕산과 어울리니 비로소 하늘도 꽉 차 보였다. 그래도 아직 완벽하진 않았다. 여전히 뭔가 빠졌다. 사소하면서도 중요한 뭔가가. 그러나 내 눈길을 오래 사로잡은 건 수성동의 부족해 보이는 자연이 아니었다. 돌아서니 비탈길 아래로 서촌이 보였다. 서촌 아래론 경복궁이 보였고, 종로타워가 보였고, 멀리 남산타워도 보였다. 해가 지고 불들이 막 켜지기 시작한 서울은 거짓말처럼 아름다웠다. 가슴이 먹먹해졌다. 감상적인 생각이 하루살이 떼처럼 몰려왔다. 예를 들자면 이런 것들. 내 시야가 닿은 곳 어디쯤인가엔 페이도 있겠지. 페이는 자기 방에서 남산이 보이는 아파트에 살고 있으니까. 우리 엄마와 아빠도 있겠지. 우리 집에서 페이의 집까지는 걸어서 10분밖에 걸리지 않으니까. 우리 집은 아예 남산 산책길과 이어져 있으니까. 차라리 집이 되었으면. 사람은 가까워졌다 멀어져도 집들은 가까워지거나 멀어질 수 없으니까. 허물어지기 전까진 자기 자리를 굳게 지킬 테니까. 내 어릴 적 친구 영혼 기병 라젠카처럼 철갑을 두른 남산의 소나무들도 마찬가지일 테고. 갑자기 세상에서 버림받은 자가 된 느낌이 들었다. 엄마, 아빠도 페이처럼 획 돌아설 것 같은. 다시는 돌아보지 않을 것 같은. 내가 아는 사람들이 다 사라질 것 같은. 돌아가신 할머니처럼. 내 이름을 기억하는 사람은 아무도 남지 않게 될 것 같은. 사막 같은 도시. 오아시스도 없

는. 당연히 생명체도 없는. 날 지켜 줄 라젠카도 없는. 그럼 난? 수성
동의 시냇물 소리나 듣다가 남극의 빙산처럼 조금씩 녹아 없어지고
말겠지. 아니면 사흘 굶은 멧돼지에게 물리거나 군대에 끌려가거나.

끼이끽 하는 기계음이 머리 위에서 들렸다. 깜짝 놀라 고개를 들었
다. 소리를 낸 물체가 술에 취한 붉은 눈으로 나를 노려보았다. 감시
카메라였다. 제기랄. 지랄 맞은 감시 사회. 가운뎃손가락을 들어 응
수해 준 후 고개 푹 숙이고 침을 살짝 뱉었다. 찍을 테면 찍어 봐 이
새끼야, 하고 비굴하게 속삭이면서. 물도 거의 없는 마른 계곡에 감
시 카메라라니 물소리가 산을 찢는다는 설명보다 더 어처구니가 없
었다. 도대체 뭘 감시한다는 건지. 까마귀? 멧돼지? 곰? 외계인? 사
랑에 실패한 남자? 카메라를 보며 살짝 목소리를 높였다. 너, 재수
없어. 완전히. 기계는 끼이끽 소리를 내며 고개를 획 돌렸다. 이게 정
말. 죽고 싶냐? 주먹을 휘두르며 더 크게 외쳤다. 너, 정말 재수 없어.
코끼리 똥이나 밟고 자빠져라. 낙타 고기 먹고 메르스에나 걸려라.

　답은 없었다. 자괴감만 잔뜩 생겼을 뿐. 이름만 계곡이지 실상은
계곡도 아닌 곳에 서서 기계에 대고 개 짖는 소리만 해 대고 있었으
니. 쓸쓸했다. 우울했다. 한심했다. 어쩔 수 없이 항복 선언을 했다.
하산하자. 집에 가서 라면이나 끓여 먹자. 한 개론 부족하니 두 개,
국물까지 다 마셔 버리사. 미국신 시트콤 보며 키득대다가 자빠져

19

잠이나 자자. 쓸쓸히 몸을 돌린 순간 뭔가 검은 물체가 내 눈을 훅 치고 들어왔다. 으악 소리를 지르고 두세 발 뒤로 물러섰다. 주먹을 단단히 쥔 후 나를 놀라게 한 물체를 목 움츠리고 바라보았다. 이런 젠장, 거북이었다. 딱지를 멘 거북이, 내 손바닥만 한 거북이 짧은 꼬리를 자랑하듯 흔들면서 엉금엉금 기어가고 있었다. 나는 주위를 둘러보았다. 이건 또 뭘까? 가야국도 아닌데 거북이 갑자기 하늘에서 떨어졌을 수는 없는 일. 거북이 산다고 믿기엔 계곡 상황이 지나치게 척박했고. 그렇다면 거북은 애완 거북이어야 할 터. 돈 주고 산 거북일 테니 주인도 가까이 있어야 마땅하고. 그런데 거북도 산책을 하나? 수성동엔 사람 그림자도 보이지 않았다. 10미터도 떨어져 있지 않은 빌라 앞엔 사람들이 삼삼오오 모여 이야기를 나누고 있었고, 그 건너편 마을버스 정류장에선 버스 기사가 담배 연기를 하늘로 올려 보내기 시합을 하고 있었으며, 기사 뒤편의 불 켜진 구립 어린이집에선 아이들 까르르 웃는 소리도 들려왔다. 그러나 수성동엔 아무도 없었다. 파충류는 종류를 막론하고 다 싫어하는 내가 그놈의 거북 따위 내가 알게 뭐야 흥, 하고 외면하고 떠났다면 아무 일도 없었을 것이다. 그러나 나는 그러지 못했다. 거북이 나를 돌아보았기 때문이다. 할머니처럼 빙긋 웃었기 때문이다. 말도 안 되는 거짓말 집어치워라 외치고 싶겠지. 그런 낡은 구라는 쓰레기통에나 처박아라 비웃고 싶겠지. 잠깐! 내가 목격한 것 중 가장 중요한 걸 나는 아직 말하지도 못했다. 그건 바로 거북의 등짝! 멀리서 봐도 그리 매끈해 보이진 않는 관리 안 된 울퉁불퉁 더러운 등짝엔 물음표(?)가 노랗게 빛났다. 그래, 그 물음표, 퀘스천 마크! 물론 내 머릿속도 온통 물음표뿐이었지만. 거북 등으로 점을 친다는 이야기를 역사책에서 보기는 했다. 은허라는 곳에서 갑골문이 대량 발견되었다는 사실도 귓등으로 들어 알고 있기는 했다. 그러나 그건 공자님, 예수님, 부처님이 탄생하기도 전의 일. 역사와 신화가 분리되지 않고 샴쌍둥이 취급받던 시절의 일. 그렇다면? 내가 물음표로 가득 찬 머리에 현기증을 느끼는 동안 거북은 엉금엉금 걸었다. 철책을 따라 우회전을 했다. 그 순간 나도 모르게 거북의 뒤를 따랐다. 등짝의 물음표는 거짓말처럼 사라졌지만 왠지 저 거북을 그냥 보내서는 안 되겠다는 본능적 예감이 들었던 것. 그래서 나는 토끼처럼 껑충 뛰어서 거북 바로 뒤에 붙었다. 그 다급하다면 다급하고 엉뚱하다면 엉뚱한 순간에도 내 머리에 페이가 떠올랐다는 사실은 고백해야겠다. 페이가 함께 있었으면 좋았을 텐데. 페이는 호기심과 추리의 달인이었으니까. 문학관에서 내게 던진 시인의 책에 담긴 비밀을 처음으로 풀어낸 것도 페이였으니까. 게다가 페이는 함께 강변을 산책하다 만난 도마뱀붙이를 보고 무서워하기는커녕 히히 웃었을 정도로 파충류에게 별다른 반감을 갖고 있지 않았으니까.

　다시 거북에게로 돌아가자면, 인간 토끼의 등장에도 거북은 놀라지 않았다. 이솝 우화 속 거북처럼 철책을 따라 천천히, 꾸준히 기어 갔다. 토끼 따위는 결코 자신의 적이 될 수 없다고 전생에서부터 굳게 믿었던 것처럼. 철책이 끝나는 지점에선 다시 칼 같은 우회전. 네비게이션이라도 달았나? 어쨌든 이제 거북의 행선지는 분명해졌다. 거북이 향하는 곳엔 기린교가 있었으니까. 기린교, 이름은 거창하지만 기린을 닮은 구석은 전혀 없는 그저 길쭉한 돌덩이였다. 길쭉한 건 기린의 목이니까 닮은 거 아니냐고 우길 수는 있겠지. 그러나 기린교의 기린이 동물원에서 볼 수 있는 기린인지, 신화 속에 등장하는 기린인지부터가 확실치가 않다. 내가 그린 기린 그림은 잘 그린 기린 그림이고 네가 그린 기린 그림은 못 그린 기린 그림이라고 단언할 수 있는 기린 그림 전문가가 세상에 거의 없는 것처럼. 물론 중요한 건 이름의 유래나 기린 그림의 기린다움이 아니라 거북이 기린교를 건너려 한다는 기이하고 단순한 사실이었지만. 기린교에 오른발을 올린 거북은 고개를 돌려 나를 보았다. 거북은 꼭 다문 입술로 내게 묻는 듯했다.

　결심은 섰나?

　거북은 내 대답은 듣지도 않고 고개를 돌리더니 기린교를 빠르게 통과했다. 거북치곤 무척 빠르게. 거북계의 우사인 볼트라고나 할까? 기린교에 오른발을 올린 나는 아무 생각 없이 거북을 따라 건너려다 놀라서 뒤로 물러섰다. 기린교 아래는 낭떠러지였던 것. 천길만길까지는 아니었지만 떨어지면 목숨 간수하기가 불가능한 건 확실했다. 시냇물이 졸졸졸졸 마지못해 흐르는 계곡에 이런 식스 센스급 반전이 숨어 있을 줄은 몰랐다. 때맞춰 감시 카메라가 끼이끽 소리를 냈다. 집요한 놈들. 기린교 바로 옆에도 붉은 눈 기계가 자리 잡고 있었다. 비로소 감시 카메라며 주변 풍경과 어울리지 않는 철책의 존재 이유를 알게 되었다. 술 취한 김에 옛사람식으로 풍류 즐긴답시고 기린교 위에서 까불었다간 곧바로 다른 세상으로 갈 수도 있었던 것. 건너가지 말라 이거지? 날 보고 있다 이거지? 고민은 길지 않았다. 나는 감시 카메라를 담당하는 공무원들의 공무원다운 근무태도를 믿었고, 술 한 잔 마시지 않은 내 말짱한 정신도 믿었다. 6개월 4일 만에 페이를 다시 만난 것과 등짝에 물음표를 단 거북 간엔 모종의 상관관계가 있어도 한참 있으리라는 비논리적, 아니 마술적인 결론 하나만 손에 꼭 쥐고 빠른 걸음으로 기린교를 건넜다. 그러곤 곧바로 거북을 놓쳤다.

4

그때 내 머리엔 우리가 함께 밑줄 그었던 시인의 문장이 제일 먼저 떠올랐어.

어제도 가고 오늘도 갈

나의 길 새로운 길

물음표 거북은?

사라졌지. 할 일을 다 마쳤으니까.

엥? 그렇게 쉽게?

응, 그렇게 쉽게.

거북은 사라지고 집이 나타났다?

집이라기보다는 작은 궁. 전에 우리가 봤던 운현궁 같은. 솟을대문은 높았고 계곡을 따라 들어선 열대여섯 채의 건물이 한꺼번에 눈에 들어왔으니까.

여우한테 홀린 거 아냐?

여우?

〈전설의 고향〉에 그런 이야기 많이 나오잖아. 야시시한 아가씨 뒤

24

를 따라갔더니 여우 소굴이었다는…….

거북이었다니까.

할머니를 닮은?

그래, 할머니의 웃음과 똑같은.

물음표 할머니 거북은 사라지고 남자가 나타났다?

그래, 숫을대문이 활짝 열리더니 남자가 나왔지.

눈매가 도루코 면도날처럼 날카로운?

그래, (호주머니에서 천 원짜리를 꺼내 보이며) 복장은 이 아저씨랑 똑같았어. 모자는 때때옷 입은 애들이 쓰는 거였고…….

표현력 하곤.

뭐가 어때서?

그 아저씨는 퇴계 이황이야. 머리에 쓴 건 복건.

모자는 복건이었고, 검은 띠가 들어간 도복을…….

심의야.

그래, 복건을 쓰고 심의를 입었어.

그럼 퇴계 이황을 만났다는 거야?

아니, 옷만 똑같았다고. 눈빛이 이 아저씨랑은 완전히 달랐다니까.

그 남자가 너를 알고 있었다?

그래, 한참 전부터 기다리고 있었습니다, 하더라고.

25

별일.

그래, 별일.

그래도 신은 났겠다. 귀신의 집에 들어갈 때처럼.

무섭더라. 난 깜짝 호러 쇼는 질색이니까.

겁쟁이.

들어갔는데? 겁쟁이는 아니지.

떠밀린 건 아니고?

내 발로. 겁나는 멘트도 들었지만 내 발로.

무슨 멘트?

남자가 묻더라, 정말로 들어갈 거냐고.

그래서?

위험한 곳이냐고 물었지.

그래서?

생각하기 나름이라고 하더라.

그래서?

들어갔지. 난 긍정적인 인간이니까.

네가?

내가.

말도 안 돼.

뭐가?

그냥, 다.

페이는 시인의 책을 뒤적여 내가 언급했던 시를 찾았고, 우유 달
라고 조르는 새끼고양이를 혼내는 어미 목소리로 마지막 구절을 읽
었다.

내를 건너서 숲으로
고개를 넘어서 마을로

5

눈매가 도루코 면도날처럼 날카로운 남자의 이름은 이용이었다.
우린 방 안에 있었다. 내 공부방만 한—침대, 책상, 책장 놓으면 빼
빼 마른 어른 두 사람 누울 공간만 남는—방에 이용과 나 둘만 앉아
있었다. 우리 사이에 놓인 건 그림 하나뿐. 그림 좌우로 밝힌 등불을
제외하면 방 안엔 아무것도 없었다. 칼도 없었고, 거문고도 없었고,
바둑판도 없었고, 책상도 없었고, 병풍도 없었다. 말 그대로 텅 빈 방

이었다. 아니 뭔가 있기는 했다. 벽 곳곳에 검은 단추처럼 생긴 것이 달려 있었으니까. 눌러 보고 싶은. 그러나 누를 수는 없는. 누르면 큰일이 날 것 같은. 공간 전체가 블랙홀로 변해 뒤집히고 사라질 것 같은. 요약하자면 평범한 사극에서는 절대로 볼 수 없는, 어떤 용도로 쓰이는 방인지 도무지 짐작도 가지 않는 기이한 방. 이용은 그림 한 번 보고 내 얼굴을 한 번 보았다. 나도 똑같이 했다. 그림 한 번 보고 그의 얼굴 한 번 보고. 이용이 왜 그랬는지는 내가 그가 아닌 이상 정확히 말하기 어렵다. 내 행동엔 분명한 이유가 있었다. 어리둥절했기 때문이다. 아니, 어리둥절했다는 평범한 표현 하나만으로는 부족하다. 우연, 필연, 기시감, 예언, 서프라이즈, 해리 포터, 골룸, 스미골, 세상에 이럴 수가 식의 황당함이 머릿속에서 마구 섞여 있는 상태라고 해야 할까?

이용이 보여 준 그림은 내가 잘 아는 그림이었다. 아니 잘 알 수밖에 없는 그림이라고 해야겠다. 파마를 풀라고 애들 앞에서 대놓고 소리 지른 담임이 혐오스러워서(싫은 건 학교 자체였지만 아무튼) 푸는 김에 아예 포니테일 스타일로 머리를 꾸몄던(그랬더니 오히려 담임은 포기 모드로 들어갔고) 고등학교 2학년 2학기 때 나는 이 그림을 처음 보았다. 단발머리 페이와 함께. 페이가 원하는 건 다 들어주는 나였지만 그날은 나도 모르게 살짝 화를 내고 말았다. 고작 그림 한 점을

28

보기 위해 점심도 건너뛴 채 네 시간이나 줄을 서서? 아니었다. 페이가 곁에 있었으니 그 네 시간은 흠 잡을 데가 없었다. 점심을 늦게 먹는다고 큰일이 나는 것도 아니었다. 시원한 바람이 부는 야외에서 달콤한 편의점 아이스크림을 나눠 먹는 것도 각별한 경험이었으니까. 네 시간은 좋았다. 완벽했다. 자신이 제안했다는 사실에 미안함을 느낀 페이가 평소보다 더 자주 웃었으니까. 콧등의 주근깨는 햇빛을 따라 별처럼 반짝거렸으니까. 단발머리는 가을바람 따라 찰랑찰랑 잘도 흔들거렸으니까. 문제는 네 시간을 기다려서 드디어 그림과 마주했을 때였다. 우리에게 허용된 시간은 달랑 30초. 뭔 그림인가 제대로 살펴보기도 전에 우리는 떠밀리듯 밖으로 나왔다. 하도 황당해서 페이를 보며 따지듯 물었다.

이게 뭐야? 우리가 뭘 한 거야?

페이는 나를 보며 깔깔깔 웃더니 갑자기 방향을 틀었다. 페이를 놓칠 수는 없는 일. 트인 공간이라 놓칠 리도 없겠지만. 나는 휘파람을 불며 여유 있게 페이 뒤를 따라갔다. 우리는 박물관 본관 건물 안으로 들어가 에스컬레이터에 올라타고 2층에서 내린 뒤 1분 정도 더 걸었다. 그리고 좌회전. 전시실엔 방금 본 그림과 똑같은 그림이 있었다. 구경하는 사람도 몇 명 되지 않았다. 이런 사기가. 소리 없이 웃는 페이를 보며 얼굴 근육을 찌푸렸다.

이게 뭐냐고. 국가기관이 이런 짓을 해도 되는 거야?

페이는 내 기분 따위는 깡그리 무시하고 똑똑한 외고생다운 명쾌한 결론을 내렸다.

진짜와 가짜의 차이.

우리가 네 시간을 기다려 본 그림은 진짜였고 줄 한번 서지 않고 본 그림은 가짜였다는 뜻이다. 내가 보기엔 그게 그거였다. 사실대로 말하자면 가짜가 더 진짜 같았다. 물론 말은 하지 않았다. 본전도 못 찾을 게 분명했기에. 집에서 가장 가까운 고등학교에 놀러 다니다시피 하는 깡 무식쟁이 문제아인 나와는 달리 외고 재학생이자 미술 작품을 사랑하는 페이는 이 그림이 왜 그렇게 유명한지를 짧게 설명한 후 진지한 감상 모드로 전환했다. 자리를 지키려고 노력했으나 곧 싫증이 났다. 내가 전시실의 다른 그림을 다 보고 돌아왔을 때에도 페이는 그림 앞을 떠나지 않았다. 그래서 난 페이 한 발짝 뒤에 서서 찰랑이는 단발머리만 바라봤다. 그 머리 덕에 가짜 그림 오래도 보네, 하는 말을 간신히 내뱉지 않았다. 페이와의 추억이 어린 그 그림 〈몽유도원도〉가 나와 이용 사이에 놓여 있었다. 박물관에서 봤을 때보다 금박이 훨씬 더 선명해서 만져 보고 싶은 느낌이 들었지만 그림 자체는 똑같았다. 비현실적인 산의 모습에 현기증이 난 것, 도원 안에 사람이라곤 단 한 명도 없어서 왠지 쓸쓸하고 비극적인 꿈이라는 생각이 든 것까지도. 오른쪽 아래의 '지곡가도작(池谷可度作)'이라는 글씨 또한 똑같았다. 페이는 내게 이렇게 설명했다.

지곡 사람 가도가 그렸다는 뜻이래. 가도는 안견이야. 안견은 알지?

나는 아무 생각도 없으면서 똑똑이 스머프처럼 아는 척했다.

알고말고. 안경.

안경 말고 안견.

그래, 안견. 안경은 글씨도 잘 쓰네.

페이는 반달곰 주먹으로 내 머리를 세게 쳤다.

안평대군의 글씨야.

세종대왕 동생?

세종대왕 아들.

히히, 아들. 나도 그 정돈 알아. 좀 전엔 농담.

머리 대신 내 어깨를 한 대 더 치고 전시실을 나온 페이는 1층 기념품점으로 갔다. 책 한 권을 구입한 후 표지를 열어 무언가를 적곤 내게 건네며 생색을 냈다.

선물이야. 잠 안 올 때 읽어.

누우면 곧장 잠드는데.

그럼 아침에 일어나자마자 읽어.

31

그럼 또 졸리는데.

아무튼 읽어.

《안평대군과 몽유도원도》라는 제목을 단 책이었다. 보자마자 하품 나는 제목. 페이가 날짜와 장소 밑에 자기 이름과 내 이름을 나란히 적었다는 게 5만 배, 10만 배 더 흥미로웠다. 일주일간 잠을 꾹 참고 그 책을 끝까지 읽은 건 정말 다행이었다. 안 그랬다면 이용의 일생에 대해서 전혀 몰랐을 테니까. 화려한 그림이 쓸쓸해 보이는 이유 또한 죽을 때까지 몰랐을 테니까. 인정하고 싶지 않지만 이용과 그림 앞에서 그나마 덜 당황할 수 있었던 건 온전히 페이 덕분이었다. 나는 그림 한 번 보고 이용의 얼굴을 본 뒤 물었다. 전설의 대가 앞에서 그림 감상평 따위를 읊을 마음은 추호도 없었으므로 내내 궁금했던 것을 물었다.

내가 올 줄 어떻게 알았습니까?

꿈에서 봤습니다.

나를요?

네. 스님처럼 머리를 곱게 민 당신을. 어깨 한쪽에 가죽 보따리를 둘러멘 당신을.

말문이 탁 막혔다. 또다시 꿈이었다. 이용이 꾸었던 꿈을 화가인 안견이 받아쓰기하듯 그대로 따라 그린 게 〈몽유도원도〉라는 사실

정도는 당신도 알고 있을 터. 이용은 꿈을 잘 꾸는 사람이 분명했다. 그것도 진짜처럼 생생한 꿈, 또는 예지몽을. 묻고 싶은 게 굉장히 많은 것 같았는데, 해 주고 싶은 말도 있었는데, 꿈에서 봤다는 단호한 대답에 나머지 질문과 머릿속 생각들은 쏙 들어가 버렸다. 어쩔 수 없이 인정할 수밖에 없는 그런 느낌적인 느낌이라고나 할까? 그래도 이 질문만큼은 추가해야만 했다. 왜냐하면 난 아직 21년밖에 못 살았으니까.

돌아갈 수는 있는 거지요?

모르겠습니다. 꿈에서 대문을 열었더니 당신이 있었습니다.

그래도 돌아갈 수 있는 방법은 있겠지요?

모릅니다. 그래서 경고도 했잖습니까?

그건 압니다만…….

어떻게 왔습니까?

거북을 따라서요.

그렇다면 거북을 따라서 가면 되겠지요.

그렇구나. 그러면 되겠구나. 물음표 단 거북을 따라왔으니 느낌표 단 거북을 따라가면 되겠구나. 그런데 거북은 도대체 어딜 가야 볼 수 있나? 이 건물엔 나와 이용 두 사람만 있는 듯 고요하고 그림엔 사람은커녕 쥐새끼 한 마리도 보이지 않는데.

이용이 그림을 내 쪽으로 살짝 밀며 말했다.

앞으로 이틀 동안 이 그림은 그대의 것입니다. 원하는 만큼 보시기 바랍니다.

왜요, 라는 질문이 머릿속에 떠올랐지만 이용의 단호한 얼굴 앞에선 흔적도 없이 사라졌다. 나는 아빠에게 하듯 고개만 끄덕했다가 곧바로 정신을 차리고 네, 감사합니다, 하는 말을 느리게 붙였다. 이용은 나를 보며 빙긋 웃은 뒤 말했다.

이곳에 계실 동안 머무를 곳으로 안내하겠습니다.

이용은 우리가 들어온 반대편 문을 열고 나갔다. 아하, 문이 또 있었군. 문밖은 복도였다. 끝이 보이지 않는 긴 복도가 거기에 있었다. 중간중간 오르막 계단이 있는 걸로 보아 점차 높아지는 구조인 것이 분명했다. 무슨 한옥의 구조가 이래? 닌자 하우스 같네. 이용이 앞장서 걷는 동안 나는 걸음 수를 세며 뒤를 따랐다. 역사의 미아가 될 수도 있다는 생각이 불현듯 들었기에. 아니, 역사에도 현실에도 존재하지 않는 희한한 블랙홀 같은 곳에서 영원히 헤맬 수도 있다는 예감이 들었기에. 나를 데려갈 거북은 영영 나타나지 않을 수도 있다는 불길한 느낌이 곱빼기로 들었기에. 더 재수 없으면 쥐도 새도 모르는 사이에 닌자를 닮은 자객에게 칼침을 맞을 수도 있다는 끔찍한 생각까지 들었기에. 어찌 되었건 나는 성인이니까 내가 어디

34

에 있는지 정도는 정확히 알아 두어야 하겠기에. 그러나 숫자 세기는 싱겁게 끝났다. 내가 센 걸음 수는 스물도 되지 않았다. 열여덟. 이용이 오른쪽 방의 철문을 밀며 말했다.

이곳입니다.

그 철문 소리, 소름 끼치게 익숙했다. 우리 엄마 조상님들 목 잘리는 소리. 문학관에서 들었던. 설마, 하고 이용을 따라 안으로 들어갔다 화들짝 놀랐다. 내게 인사를 건네는 건 도슨트 할머니였다. 이용이 내게 할머니를 소개했다.

어릴 적부터 수발을 들어 준 할멈입니다. 가족 중 유일하게 신뢰하는 사람이지요.

나는 이용의 말을 제대로 듣지 못했다. 내 할머니에서 도슨트로, 거북으로, 다시 할멈으로 이어진 이상한 연쇄 관계에 홀리는 바람에. 그러나 지금 생각해 보면 그때 이용의 말은 참 의미심장한 것이었다. 물론 그때는 전혀 몰랐지만. 이용은 편히 쉬라는 말을 마지막으로 남기고 방을 떠났다. 우리 둘만 남자 할멈은 빙긋 웃으며 손을 내밀었다. 악수? 아니었다. 나는 그 손이 말하는 바를 단번에 이해했다. 내가 건넨 두루마리를 펼쳐서 보기 좋게 벽에 걸어 놓은 것이 할멈이 한 첫 번째 일이었다. 전직, 또는 미래 어느 곳에서의 도슨트답게.

6

여자애의 얼굴을 본 순간 나는 스크림 마스크처럼 입 길게 벌리고 소리를 지를 뻔했다.

아무 데나 드러누우면 곧바로 잠드는 건 꽤 좋은 버릇이었다. 나는 창문 하나 없는 방에서 중간에 깨지도 않고 잘도 잤다. 새 나라의 아이처럼. 아마 코도 골았겠지. 피곤한 날 밤이면 늘 그랬듯. 아마 꿈도 꾸었겠지. 페이가 나오는. 페이를 만난 날이면 늘 그랬듯. 페이가 휙 돌아선 순간 갑자기 눈을 뜬 나는 침대에서 상체만 일으킨 채 방을 둘러보았다. 촉광이 희미한 등불 빛을 통해 보이는 방은 기이하게 깔끔했다. 내가 잠을 청했던 철제 침대, 침대 옆의 화장실, 그리고 건너편 벽에 걸려 있는 그림만 빼면 이용과 처음 들어갔던 방과 크기도 모양도 참 비슷했다. 화장실에 들어간 나는 나무우물을 보고 깜짝 놀랐다. 그러나 문학관의 것과는 달랐다. 어찌나 깊은지 바닥이 보이지도 않았으니까. 한참 보다가 두레박줄을 잡아당긴 후 물을 세숫대야에 부었다. 깨끗해 보였다. 그래서 세수를 했다. 정신이 번쩍 들 정도로 차가운 물이었다. 그 순간 꿈에서 깨어났으면 참 좋았겠지만 그런 일은 일어나지 않았다. 화장실을 나가려다 혹시 몰라

우물을 향해 목례를 했다. 역시 아무 일도 일어나지 않았다. 그럼 그렇지, 하곤 화장실에서 나와 이용이 빌려준 그림을 봤다. 왼쪽 위부터 오른쪽 아래까지, 오른쪽 위에서 왼쪽 아래까지 공들여 보았지만 별다른 감흥은 없었다. 전날 밤 할멈과 둘이서 그림 앞에 좌선하듯 앉아 두 시간 넘게 쳐다보았을 때와 똑같았다. 괜히 다리만 저렸을 뿐. 시들함과 짜증만 더해졌을 뿐. 이유는 명확했다. 그림 감상은 페이의 취미였지 내 취미는 아니었으니까. 좋아하지도 않는 그림 감상을 왜 두 시간이나 했냐고 물을 수도 있겠다. 그림에 질린 내가 궁금한 것들에 대해 물으려 하자 할멈은 내 할머니 같은 따뜻하면서도 단호한 목소리로 말했다.

그림을 볼 시간입니다.

페이였다면 좋아서 난리를 쳤겠지. 보물을 곁에 두고 사는 거니까. 짜증이 나서 그림에다 대고 버럭 화를 냈다.

왜 페이가 아닌 내가 여기에 온 거냐고?

그림은 말을 할 수 없는 법. 내 질문 같지 않은 질문에 대한 답은 당연히 없었다. 제기랄, 내 목소리가 마음에 들지 않았다. 자고 일어난 후라 그런 걸까, 목소리엔 녹이 슬어 있는 것 같았다. 머리가 검은 벌레 두 마리가 목젖을 붙잡고 턱걸이 하는 느낌. 나는 켁, 켁 목청을 가다듬어 녀석들을 쫓은 후 페이의 이름을 세 번, 주문 걸듯 느리게

37

불렀다. 페―이, 페―이, 페―이. 나를 너무 이상한 놈으로 생각하지는 말았으면 좋겠다. 평소 같았으면 절대 하지 않았을 행동이었다. 그러나 나는 낯선 곳에 버려진 존재였다. 이유도 모르고 별세계에 떨어진 미아였다. 이용의 응대와 할멈의 존재로 볼 때 당장 목숨이 위태로워 보이지는 않았지만 그건 섣부른 추측일 수도 있었다. 잘 먹여 놓고 키워 죽이는 헨젤과 그레텔 식 방법도 있으니 괜찮으리라는 보장은 어디에도 없었다. 내 미래는 오리무중 그 자체인 셈이었다. 물론 그건 별세계에 진입하기 전에도 마찬가지였지만.

다시 말하자. 페―이, 페―이, 페―이, 하며 페이의 이름을 느리게 세 번 불렀다고 특별한 일이 생기지는 않았다. 페이가 짜잔 하고 내 앞에 나타나지도 않았고, 방이 좌우로 흔들리지도 않았고, 닭이 꼬꼬댁 울지도 않았고, 우물에서 물이 솟구치지도 않았고, 그림이 살아 움직이지도 않았다. 그저 마음이 조금 든든해진 것 빼고는. 눈물이 찔끔 났던 것 빼고는. 아, 이름 부른 성과가 전혀 없지는 않았다. 조금은 허탈해진 마음을 추스르고 셜록 홈스의 눈으로 방 안을 살펴본 결과 중요한 발견을 했으므로. 내가 들어왔던 철문 반대편에 문이 하나 더 있었다. 한옥에 달려 있는 동그란 문고리 말곤 문의 형태랄 것도 없어 아예 문이라고 깨닫지 못했던 문. 전날의 그 방처럼.

문은 살짝 손대는 것만으로도 쉽게 열렸다. 놀이공원 귀신의 집에도 들어가기 싫어하는 나는 혹시 무슨 일이 생길까 싶어 그대로 얼음이 되었다. 그러나 으하하하 비명도 들리지 않았고, 얼굴에 피를 칠한 조잡한 괴물도 나타나지 않았다. 멀리서 종소리만 댕댕댕 들릴 뿐. 그것도 살짝 무섭긴 했지만. 그렇다면. 심호흡을 하고 고개를 살짝 내밀었다. 어둠을 뚫고 내 눈에 들어온 건 온통 대나무였다. 대나무 잎들이 바람에 흔들리며 우우 나를 비웃는 소리를 냈다. 보이는 것과 들리는 것이 마치 담양 같았다고나 할까? 중학교 1학년 때인가 2학년 때에 엄마, 아빠와 함께 죽녹원인가 녹죽원인가에 갔던 기억이 떠올랐다. 가는 날이 장날이라고 미세먼지 가득한 날이라 대나무의 푸르름은 제대로 느끼지도 못했다. 그래도 바람에 대나무 잎 부딪히는 소리는 참 아름다웠지. 그땐 대나무들도 내 등을 두드리며 격려하는 것 같았지. 엄마, 아빠, 난 잘 있어요. 웬만한 일엔 꿈쩍도 안 하는 분들이라 별로 걱정도 하지 않겠지만. 문 아래를 보니 섬돌이 두 개 있었다. 하나는 푸른색, 다른 하나는 흰색이었다. 그 섬돌 위에 내 낡은 청색 아디다스 운동화가 얌전하게 놓여 있었다. 건물 입구, 즉 대청 아래에 벗어 놓았던 신발이었다. 운동화에 발이 달렸을 리는 없으니 할멈이 가져다 놓은 게 분명했다. 그렇다면 이건 밖으로 나가 봐도 된다는, 아니 나가 봐야 한다는 뜻이겠고. 할멈, 고마워요. 나는 신발을 꾸겨 신고 – 혹시 몰라 내 유일한 소지품인 가죽 보따리, 아니 가방도 어깨에 둘러메고―대나무 사잇길로 들어섰다. 아직 날이 밝지 않아 꽤 어두웠다. 군데군데 켜진 등불이 없었다면 걷기도 힘들었을 정도의 깊은 어둠이었다. 바람 소리 들으며 주위 둘러보며 집중해서 내리막길을 걷다 보니 어느새 대나무 숲은 끝이 났다. 솟을대문과 건물 입구가 보였다. 이용이 나를 맞이하고 안내했던 곳. 밖으로 나갈 수 있을까? 그래도 될까? 솟을대문에 살짝 손을 댔다. 묵직한 느낌. 그러나 밀면 밀릴 것 같은. 하지만 용기가 나지 않았다. 문을 열면 벼랑일 것 같았고. 호랑이가 입 벌리고 대기하고 있을 것 같았고. 무사들이 칼을 휘두르며 달려들 것 같았고. 벼랑과 호랑이와 무사는 차치하고서라도 왠지 아직은 때가 아닌 것 같기도 했고. 문틈으로 칼바람이 들어왔다. 세상이 내게 보낸 경고의 메시지. 갑자기 문이 얼음처럼 차가워졌다. 놀라서 손을 뗐다. 솟을대문을 뒤로하고 서서 건물을 보았다.

정면에서 보이는 건물의 구조는 몬드리안의 그림처럼 하품 나게 단순했다. 기와지붕 밑에 넓은 대청이 있었고, 두 개의 방이 좌우에 자리했다. 아니, 두 개의 입구라 불러야 하겠지. 전날 밤 나는 이용을 따라 오른쪽(내가 선 곳에서 볼 때) 푸른 문을 열고 들어갔다. 수십 명이 한꺼번에 들어갈 수 있는 넓은 내당을 통과해 좌우로 늘어선 몇 개의 방을 지난 뒤 이용과 함께 그림을 보았던 그 방으로 들어갔다.

그리고 그 방의 또 다른 문으로 나와 복도를 걸은 후 내 방으로 들어 갔다. 건물의 생김새로 보아 왼쪽 또한 같은 식으로 구성되어 있을 것 같았다. 물론 들어가 보기 전에는 모르는 일이었지만. 오래된 건물 안에 철문 달린 방이 있을 거라고는 상상도 못했던 것처럼. 궁금한 건 절대 못 참는 성격인 페이라면 어떻게 했을까? 단발머리 찰랑거리며 당장 왼쪽의 붉은 문을 열고 안으로 뛰어 들어갔겠지. 나 또한 그런 유혹을 조금은 느꼈다. 뒷짐 지고 가만히 있어서는 안 된다는 생각에. 뭔가 하는 시늉이라도 해야 한다는 생각에. 그러나 나는 이용의 손님이기도 했다. 잠긴 문을 열고 담을 넘는 건 이미 많이 해 봤다. 선생들의 성질 건드리는 일에 있어서 나를 따라올 사람은 없었으니까. 굳이 이곳에서까지 내 장기를 발휘하고 싶지는 않았다. 그렇다고 아무것도 안 하기도 좀 그랬다. 그저 가만히 지켜보고 있으라고 이곳에 도달한 건 아닐 터였다. 살아온 경험에 비추어 보건대 내게 주어진 시간이 무한할 리도 없을 테고. 분명 뭔가를 하기는 해야 했다. 거북의 물음표를 느낌표로 바꿀 만한 행동. 그래서 나는 다른 길을 택했다. 솟을대문 앞에서 끊어졌다 대문을 지나 다시 이어진 대나무 사이 오르막길을 더 걷기로 한 것. 비밀의 열쇠는 내가 들어가 보지 못한 곳, 왼쪽 건물들에 있다는 가정에서. 대칭형 구조로 볼 때 이 길은 왼쪽 건물들을 따라 나 있을 게 틀림없었으니까.

41

그러니까 들어가 보지는 못해도 대나무 사이로 훔쳐보다 운이 좋으면 내게 꼭 필요한 정보를 얻을 수도 있을 테니까.

내 합리적인 추측은 적중했다. 걷는 동안 왼쪽 건물들이 보였다. 그러나 성과는 없었다. 문을 열고 나오는 이도 없었고 사람들이 주고받는 소리도 들리지 않았다. 그저 건물만 보였을 뿐이었다. 오르막길은 조금씩 경사가 심해졌다. 나중에는 오르기 힘들 정도로. 그리고 그 지점에서 닫힌 철문을 만났다. 내 키와 몸의 두 배는 되는 철문. 껑충 뛰어도 철문 너머는 당연히 보이지 않았다. 포기하고 돌아서려다 보니 문득 의아한 생각이 들었다. 솟을대문을 열고 들어서기 전 나는 분명 열대여섯 채의 건물이 계곡 따라 들어선 걸 보았다. 그런데 솟을대문 안에서 내가 보고 있는 건 단 하나의 건물이었다. 밖에서 보는 것과 안에서 보는 것이 다른 건물. 아무리 걸어도 끝이 보이지 않는 건물. 크기와 형태를 짐작할 수 없는 건물. 논리를 조금 비약해서 시적으로 표현하자면 시점은 있으나 종점은 없는 건물. 뫼비우스의 띠. 꼬리를 문 뱀 우로보로스처럼.

어두운 하늘에서 갑자기 눈이 내렸다. 함박눈이 춤을 추듯 느리게 내렸다. 마치 계속해서 내렸던 것처럼. (스포일러 하나. 이때 내리기 시작한 눈은 내가 거북을 만나 세상으로 다시 돌아오기 바로 전까지 그치지 않게 된다.) 눈 때문이었을까, 날은 갑자기 차가워졌다. 슬슬 몸을 풀었던 바람이 눈을 앞세운 채 본격적으로 주먹을 뻗기 시작하고 있었다. 발끝부터 찾아온 싸늘한 느낌. 발을 동동 구르며 생각했다. 내가 알아낸 것은 거의 없었다. 아니, 머리에 물음표가 새로 수십 개 혹처럼 달린 격이었다. 철문을 넘을까? 내 경력으로 볼 때 불가능해 보이지는 않았다. 그러나 나는 발걸음을 돌리기로 했다. 세상은 어차피 모르는 일투성이였다. 나는 어차피 아웃사이더였고. 이곳이라고 해서 다른 건 하나도 없었다. 철문을 넘고 안 넘고는 하나도 중요하지 않았다. 이 공간이 특별히 나에게 호의적일 이유는 하나도 없었으니까. 여기도 어떤 의미에선 세상의 일부일 테니. 그렇게 생각하니 마음이 우울하면서도 편안해졌다. 수성동 공식 주제가인 '시냇물이 졸졸졸졸 고기들이 왔다 갔다' 노래가 찬송가나 불경이 되어 저절로 흘러나왔다. 여전히 앞부분만. 가사도 잘 모르는 노래를 무한 반복해 부르니 어느새 솟을대문 앞에 도달했다. 할멈이 있었다. 왠지 그럴 것 같긴 했다. 나는 전혀 놀라지 않았다. 할멈은 빙긋 웃으며 나를 맞았다. 할멈은 내 머리에 묻은 눈을 털어 주면서 말했다.

대군께서 기다리십니다.

할멈이 앞장서고 내가 뒤를 따랐다. 대청에 오른 할멈이 문을 여는 것을 보고 나도 모르게 그러면 그렇지, 하고 고개를 끄덕였다. 할멈이 연 문은 대청 왼쪽의 붉은 문이었으니까. 비밀은 결국 스스로

43

제 모습을 드러내게 되어 있었던 것. 혼자서 북 치고 장구 칠 필요 따위는 하나도 없었던 것. 철문을 넘지 않기를 잘했다는 생각이 들었다. 장하다, 새사람! 나는 엄지손가락과 가운뎃손가락을 사용해 딱 소리를 조심스레 내곤 할멈을 따라 안으로 들어갔다. 오른쪽과 똑같은 형태의 넓은 내당이 나타났다. 이용이 일어나서 나를 맞이했다. 그런데 내당엔 이용 말고 두 사람이 더 있었다. 이용이 손을 뻗고 고개를 까딱하자 구석에 앉아 있던 두 사람이 일어서서 내게 다가왔다. 젊은 여인들이었다. 아니 여자애라 부르는 게 더 어울릴 어린 여인들이었다. 두 여자애 중 키가 약간 작은 쪽의 얼굴을 본 순간 나는 스크림 마스크처럼 입 길게 벌리고 소리를 지를 뻔했다.

그 여자애는 페이 너랑 똑같이 생겼어. 일란성 쌍둥이처럼.

7

헐. 걔가 정말 나랑 똑같이 생겼어?
그래, 주근깨까지. 가운뎃손가락으로 콧등을 찌를 뻔했다니까.
설마?

안 했어. 난 예의 바른 인간으로 거듭났으니까.

정신 차려. 거듭났다는 말은 함부로 쓰는 게 아냐.

그런가?

사람은 웬만해선 바뀌지 않아.

하여간 내 정신은 멀쩡해.

걔네들은 누구야? 딸인가? 시녀인가?

딸은 무슨. 시녀가 아니라 궁녀. 이용은 왕의 아들. 대군. 솟을대문 안쪽은 수성궁.

수성동에 있으니까?

수성궁이 있어서 수성동인지도.

나이는?

너의 도플갱어가 운영, 나이는 열여덟. 키가 약간 큰 애가 자란, 나이는 열아홉.

어머, 그러면 고2, 고3이네?

애들이지. 몇 년 전 우리처럼.

난 아냐. 너야말로 애 중의 애였지. 꼬마 중의 꼬마였지.

하여간.

그렇게 어린애들이 성 노예로 붙잡혀 있는 거야? 이용은 도대체 몇 살인데?

30대 초반. 그리고 성 노예라니, 그건 좀. 이용은 걔네들 손끝 하나 건드리지 않았어.

확실해?

그래, 내가 들은 바에 의하면. 이용도 그럴 인간으로는 안 보였고.

그럼 걔네들 데리고 뭘 했니?

이용은 걔네들에게―아 참, 궁녀는 모두 열 명이야. 여덟 명이 더 있다는 뜻이지.―공부를 가르쳤어. 사서삼경에 이백, 두보의 시까지. 하늘이 남자에게만 재주를 내렸을 리 없다는 선거 공약 뺨치는 모토를 앞세워서.

개념 있는 남자였네?

글쎄, 밝은 곳이 있으면 어두운 곳도 있는 법. 이용은 궁녀들을 솟을대문 밖으로 나가지도 못하게 했어. 한 발짝만 나가도 모가지 댕강, 남자에게 존재가 알려져도 모가지 댕강. 이래도 개념이 있는 건가?

넌 남자 아니야?

갑자기 그게 무슨 소리야? 난 상남자야.

상남자는 개뿔. 이용한테 넌 남자로 보이지도 않았던 게 분명해.

그게 무슨?

이용이 널 궁녀들 있는 곳으로 데려갔다는 게 증거지.

그건 아니지.

그럼 뭔데?

난 이인(異人)이었으니까. 외계에서 온 신비한 인간, 즉 예외적 존재였으니까. 물론 다른 예외도 있었지만.

다른 예외?

그건 곧 이야기할게.

어휴, 왜 하필 너같이 속 좁고 어리버리한 애가 뽑혔을까?

이용이 꿈에서 날 봤으니까.

도대체 뭘 봤대?

우리가 만난 것, 함께 그림 본 것, 방 안내한 것 전부. 여자애들과 내가 만나고 통성명을 하는 순간에 잠에서 깨어났대.

뭐 그런 요상한 꿈이 다 있니?

내가 하고 싶은 말이야.

그래서?

이용은 나랑 여자애들, 할멈만 남겨 두고 밖으로 나갔지. 꿈과는 무관한 이용의 판단이었고.

아하, 일이 자연스레 흘러가게 둔다?

그런 거겠지.

그래서?

이용이 나가기 전 나를 불러 했던 말을 먼저 설명하는 게 좋겠어.
좀 묘한 말이었거든.

해 봐. 누나가 해석해 줄게.

누나는 무슨.

까불지 말고 빨리 해 봐.

옛사람은 잠을 자도 꿈을 꾸지 않았고,

깨어 있을 때는 걱정이 없었답니다.

8

한 달 전에 처음 만났어요. 더도 덜도 아닌 딱 한 달 전. 노란 국화
가 탐스럽게 피어나고 단풍잎이 슬슬 시들기 시작하던 때. 바로 이
내당에서. 우연인지 필연인지는 모르겠지만요. 그날 오후 우리는 글
씨 쓰는 대군의 곁을 지켰지요, 평소처럼. 그 정도는 아시리라 믿지
만 대군은 천하의 명필이세요. 지켜보는 것만으로도 큰 공부가 되지
요. 그때 할멈이 들어와 했던 말이 기억나요. 김 진사라는 젊은 선비
가 찾아왔습니다.

대군은 기뻐하시면서 어서 안으로 들어오게 하라고 말씀하셨지요. 우리는 의아한 얼굴로 서로를 보았어요. 뜻밖의 일이었으니까요. 대군 스스로 정한 원칙들, 궁 밖으로 한 발짝만 나가도 모가지 댕강, 남자에게 존재가 알려져도 모가지 댕강에 정면으로 어긋나는 일이었으니까요. 대군은 우리 마음을 읽었는지 변명 비슷하게 말씀하셨어요.

진사라고는 해도 아직 철도 안 든 열여섯 소년이니까.

김 진사가 빠른 걸음으로 들어와 대군에게 절을 했어요. 사람이 들어오는데 새가 날개를 활짝 펴고 날아온 느낌이 들어서 참 신기했지요. 하늘, 또는 별세계에서 날아 도착한 이처럼. 대군은 우리에게 고개를 까딱하셨어요. 신호를 받은 우린 각자 미리 정했던 역할을 시작했어요. 둘은 노래를 불렀고, 둘은 거문고를 탔고, 둘은 퉁소를 불렀고, 둘은 술 시중을 들었고, 둘은 벼루 시중을 들었어요. 자란이 대군의 벼루 시중을, 제가 김 진사의 벼루 시중을 들었지요.

대군과 김 진사는 술잔을 주고받으며 이야기를 나누었지요. 대군이 묻고 김 진사가 대답하는 식으로요. 이백과 두보라는 이름이 나온 것 같았지만, 사소한 논쟁도 있었던 것 같았지만, 정확히 무슨 이야기를 나누었는지는 기억이 잘 나지 않습니다. 김 진사가 말을 하면서 슬쩍슬쩍 내 얼굴을 보았기 때문이에요. 그러다가 눈이 마주치기도 했고요. 기분이 이상했어요. 그런 경험은 처음이었으니까요. 하지만 대군 앞에서 싫은 티를 낼 수는 없었어요. 대군이 불러들인 손님이었으니까요. 불쾌했지만 입 꼭 다물고 조용히 시중만 들었던 이유이지요. 그러던 중 쉴 새 없이 오가던 이야기가 마침내 끝났어요. 대군은 글씨를 써서 김 진사에게 선물을 하셨습니다. 가는 게 있으면 오는 게 있어야 하는 법, 눈치 없이 감사하다는 말만 반복하는 김 진사에게 대군께선 글씨를 보고 싶다 솔직하게 말씀하셨지요. 좋습니다, 하고 대답한 김 진사는 먹물을 듬뿍 찍었어요. 지나치게 많이 묻힌다 싶었어요. 아니나 다를까 글씨를 쓰는데 먹물이 크게 튀어 내 손가락에 묻었어요. 김 진사가 당황하는 것 같아서 이렇게 말했어요.

영광입니다. 지우지 않겠습니다.

그 순간의 묘했던 분위기를 어떻게 말로 옮겨야 할지 모르겠어요. 이유는 분명했지요. 내가 처음 보는 남자 앞에서 입을 열었기 때문이지요. 원칙엔 없었으나 모가지 댕강을 적용해도 이상할 게 없었던 상황이었어요. 살 떨리고 심장 흔들리는 잠깐의 시간이 흐른 뒤 대군이 웃으셨어요. 김 진사도 웃었고, 나도 웃었고, 다른 애들도 웃었어요. 김 진사는 글씨를 마저 썼고, 대군은 크게 칭찬을 하셨어요.

문장만 잘하는 줄 알았는데 글씨도 무척 뛰어나시구려.

대군과 김 진사는 글씨에 대한 이야기를 조금 더 주고받았어요. 송설체에 관한 고급한 이론들이 오고 가서 흥미롭게 듣고 있는데 대군이 김 진사의 이야기를 듣다 말고 갑자기 하품을 하셨어요. 아침부터 몸이 좀 안 좋더니 오늘따라 취기가 빨리 오르는구려.

거짓말이었지요. 대군은 두주불사였거든요. 대군의 말뜻을 우리보다 조금 늦게 알아차린 김 진사가 살짝 당황한 얼굴로 하직 인사를 드렸어요. 대군이 자리에서 일어나자 김 진사도 따라 일어났어요. 그때 김 진사와 눈이 살짝 마주쳤어요. 아이 참, 나는 재빨리 고개를 숙여 눈을 피했어요.

그날 밤, 제대로 잠을 이루지 못했어요. 가슴이 답답했거든요. 그다음 날도 마찬가지였어요. 처음엔 이유를 알 수가 없었어요. 속이 부대끼나 싶어 저녁을 굶기도 했지요. 소용없었어요. 답답함은 점점 더 심해졌어요. 며칠 밤을 뜬눈으로 보내고서야 깨달았어요. 김 진사 때문이었어요. 날개 편 새 같은, 하늘, 또는 별세계에서 날아온 이 같은 김 진사, 그 사람의 눈빛이, 글씨 쓰던 손이 저를 괴롭게 만들고 있었던 거였어요. 손가락에 묻은 먹물 바라보며 이삼 일 더 혼자 끙끙대다가 자란에게 속마음을 털어놓았어요. 자란이라면 믿을 수 있었으니까요. 유일한 내 친구였으니까요. 이야기를 다 들은 자란은 왠지 그럴 것 같더라니, 하곤 이렇게 덧붙였어요.

궁에 갇혀 외로운 자기 그림자만 바라보는 게 우리 하는 일의 전부이지. 아니면 거문고를 타거나 노래를 부르거나. 다른 이를 만나 보는 것도 나쁘지는 않을 것 같아. 기분 전환의 차원에서. 하지만 서둘러선 안 돼. 대군께 들켰다간 목숨을 빼앗길 수도 있으니까. 둘이 함께 묘책을 생각해 보자.

고맙게도 자란이 내 편을 들어 주기로 약속했지만 그렇다고 뾰족한 수가 있는 건 아니었어요. 무엇보다도 우린 김 진사의 얼굴을 두 번 다시 볼 수가 없었으니까요. 대군은 사나흘에 한 번씩 김 진사를 초대했어요. 하지만 대군은 만남의 장소를 푸른 문 안쪽 내당으로 바꾸었고, 우리를 더는 부르지도 않았지요. 무심한 날짜만 하염없이 흘렀어요. 답답증은 더 심해졌고 그걸 지켜보는 자란의 눈빛도 함께 어두워졌지요. 그러던 어느 날 밤 자란이 내 방으로 찾아와 말했어요.

할멈에게 말하자.

할멈은 푸른 문과 붉은 문을 마음대로 드나들 수 있는 유일한 사람이었어요. 김 진사를 시중드는 것도 할멈이었고요. 그러니 할멈에게 부탁하는 건 합당했지요. 하지만 할멈은 대군이 믿고 의지하는 유일한 사람이기도 했어요. 그러니 할멈에게 부탁하는 건 위험했지요. 합당과 위험 사이에서 내가 어쩔 줄 몰라서 망설이기만 하자 자란은 이렇게 말했어요.

할멈이라면 대군 몰래 어떤 식으로든 답을 줄 것 같아. 며칠 전에 할멈 꿈을 꾸었는데 빙긋 웃으며 내 손을 꼭 잡아 주었어.

보통 때였으면 그런 말은 웃음으로 넘겼겠지요. 별 싱거운 꿈이 다 있네, 하고요. 그땐 내 머리가 어떻게 되었기 때문인지 자란의 말이 다 맞는 소리로 들렸어요. 그래서 다음 날 자란과 나는 위험을 각오하고 할멈을 찾아갔어요. 우리가 말도 꺼내기 전에 할멈이 먼저 합당한 답을 내놓았어요.

며칠만 기다리렴. 곧 눈이 내릴 게야. 여간해선 그치지 않을 눈이.

낡은 단풍잎 같던 슬픈 가을이 뚝뚝 떨어져 버렸어요. 국화꽃은 자취도 남지 않았지만 밖엔 드디어 눈이 내리기 시작했어요. 할멈이 말했던 바로 그 눈이. 끝이 보이지 않는 그 눈이. 여간해선 그치지 않을 눈이. 내리는 눈은 아름답지만 슬퍼요. 보고 싶은 사람의 얼굴 한 번 못 보았는데 계절이 바뀐 거니까요. 또 한 계절을 그냥 보내 진달래와 살구꽃마저 홀로 맞이하고 싶진 않아요. 잠을 못 자서, 가슴이 너무 아파서, 속에서 염불이 나서, 이렇게는 도저히 못 살겠어요.

9

운영의 요구는 간단하고 명확했다. 김 진사를 만나게 해 달라는 것. 그러나 내 머릿속은 복잡했다. 이게 정말 나한테 주어진 길일까? 내가 풀어야 하는 문제일까? 이러려고 왔나? 운영이 알 리는 없겠으나 사실 나는 내 연애에도 실패한 인간이었다. 개의 자식이자 (교활한) 돼지의 (교활한) 새끼 같은 인간이었다. 페이 말고 다른 여자애는 만나 본 적도 없었다. 페이와도 헤어진 상태였고. 그런 내가 남의 연애 문제에 개입을 한다? 말도 안 되는 소리였다. 초기 썸 단계로 보이는 열여섯, 열여덟 먹은 애들을 오작교가 되어 이어 준다? 감 놔라 배 놔라 한다? 중3 남자에 고2 여자애한테? 목숨 걸고(?) 기린교를 건너고 숫을대문을 넘어서 이런 난해한 문제에 직면하리라곤 생각조차 못 했다. 이용과 〈몽유도원도〉에 대한 복잡하고 기이한 미스터리를 폼 나게 해결하게 되리라 믿었는데 하룻밤 자고 일어났더니 머리에 피도 안 마른 중딩 고딩 애들 연애 사건이 앞을 딱 가로막은 것이다. 나는 천장을 보며 살짝 눈살을 찌푸렸다. 6개월 4일 만에 만난 페이가 시인의 책을 집어던진 장면이 자꾸 떠올라 가슴이 아파졌다. 그 소중한 책을 던지다니. 물론 그건 내가 자초한 일이었지만. 다시 만난 페이를 향한 대처도 처음부터 끝까지 온통 미숙하기 그

54

지없었지만. 그래도 그렇게밖에 할 수 없었을까? 그게 최선이었을까? 차고 넘친 생각이 입으로 툭 튀어나왔다.

차라리 페이가 왔으면 좋았을걸. 화해하고 둘이 왔으면 더 좋았겠고.

페이가 연애 전문가라는 뜻은 아니다. 우리 관계가 틀어진 것에 대해서는 페이에게도 약간의 책임은 있었으니까. 다만 모든 일을 똑소리 나게 처리하는 페이라면 이 문제 또한 잘 처리했으리라는 뜻이었다. 아니 그보다는 페이가 무척 보고 싶기도 했고. 시간이 흐를수록 점점 더. 그 단발머리, 그 주근깨, 그 웃음, 그 눈빛, 그 걸음, 그 뒷모습, 그 그림자, 페이의 모든 것을.

크게 말씀해 주세요. 모자란 사람처럼 천장에다 대고 혼자 속삭이지 말고요.

고개를 원래 자리로 돌리고 주변을 살폈다. 페이는 없었다. 당연히. 페이처럼 말하는 사람은 운영이었으니까. 나는 운영을 바라보았다. 운영은 외모만 페이를 닮은 게 아니었다. 은근히 공격적이고 콕 집어 말하는 성격 또한 페이 판박이었다. 페이, 아니 운영이 한마디 더 하려는 걸 자란이 막았다. 자란은 웃으며 내게 말했다.

부탁할 건 딱 하나예요. 이 편지를 김 진사에게 전해 주세요.

편지라고 내미는 걸 엉겁결에 받기는 했다. 내 표정이 좀 떨떠름

했던 것 같다. 그럴 수밖에. 맹랑한 고딩들. 내가 뭐 방자라도 되는 줄 아나? 자기들 전속 심부름꾼인가? 저 나이 때 나도 저랬나? 그래, 선생 눈에 재수 없어 보이긴 했겠네. 스승님, 뒤늦게 사죄합니다. 부디 용서를. 운영이 더 참지 못하고 일침을 놓았다.

저한텐 정말 중요한 일이거든요. 목숨이 왔다 갔다 하거든요. 이건 애들 장난이 아니니 제대로 하셨으면 좋겠어요.

적반하장이었다. 나도 천년 묵은 구미호 아니거든. 내 목숨도 하나밖에 없거든. 게다가 난 너희들을 생전 처음 보거든. 나는 할멈에게 도움의 눈길을 보냈다. 할멈은 애들 일에는 전혀 끼고 싶지 않다는 듯 눈을 꼭 감고 명상 모드를 유지했다. 내가 투덜댈 때마다 할머니가 그랬던 것처럼. 특별히 믿는 신도 없었으면서. 명상하는 법도 몰랐으면서. 내 손에 피를 묻혀야 하는 상황이었다. 짜증이 머리끝까지 솟았다. 대안이 없었기에 일단 나는 항복을 했다.

알았어요. 해 볼게요, 해 볼게. 그런데 어떻게?

오후에 김 진사가 대군을 뵈러 올 거예요. 대군은 당연히 그쪽도 초대할 거고요. 그다음엔 알아서 하시고요.

운영의 대답. 존대를 하고 있었으나 가시 돋친 존대였다. 파마머리 또는 포니테일 시절이었다면 그냥 두지 않았으리라. 그러나 지금 난 일본에서 학교 다니던 시절의 시인처럼 빡빡머리였다. 스물을 넘겼고 대학을 자퇴하고 군대 갈 날만 기다리고 있는 상태였으니 내 앞에 있는 애들에 비하면 어른이기도 했다. 한 살이라도 더 먹은 사람이 참아야지. 늙으면 역시 서럽구나. 엄마, 아빠를 더 존중해야 겠구나. 그래서 짧게 대답했다.

넷.

자란이 먼저 웃었고 운영이 나중에 웃었다. 할멈도 슬쩍 눈을 뜨고 웃음을 흘렸다. 에이 참. 천진난만하게 웃는 걸 보니 영락없는 여고 생들이었다. 페이의 여고생 시절이 떠올라 나도 웃었다. 6개월 4일간 의 영원 같던 헤어짐, 싸움에 가까웠던 짧은 재회에 생각이 미치자 곧 사라졌지만.

운영과 자란이 일어나서 인사를 하고 나갔다. 넓은 내당엔 할멈과 나뿐. 나는 아무런 도움도 주지 않은 할멈 들으라고 일부러 큰 소리 로 중얼거렸다.

산 넘어 산. 물 건너 물. 세상에 쉬운 일이 하나도 없네. 거북은 도 대체 어디서 찾을까나?

할멈의 귀엔 문제가 없었다. 할멈은 빙긋 웃으며 이렇게 말했다.

이곳 사람들 모두가 다 아는 공공연한 비밀 하나 알려 드리겠습니 다. 대군께선 운영을 특히 아끼신답니다.

비 오는 늘판에서 개처럼 날뛰다가 번개 맞은 느낌이었다. 커다란 숙제 하나를 던져 준 할멈은 대군께 가 봐야 한다며 붉은 문을 열고 나갔다. 혼자 남은 내 머리에 떠오른 것은 이용이 정한 무시무시한 원칙이었다. 궁 밖으로 한 발짝만 나가도 모가지 댕강, 남자에게 존재가 알려져도 모가지 댕강이라는 살벌한 원칙. 내가 하려는 일은 이용의 원칙을 정면으로 배반해야 가능했다. 어쩌면 이용의 신의마저도. 하지만 제 나름의 방법으로 목숨을 걸고 간절하게 부탁한 운영을 무시할 수도 없는 일. 그건 그렇고 페이를 닮은 운영의 존재는 도대체 뭘 뜻하는 걸까? 이용은 도대체 왜 나를 운영에게 안내한 걸까? 난 도대체 뭘 어떻게 해야 하는 걸까? 난 누구 편을 들어야 할까? 아이고 머리야. 이용도, 운영도, 할멈도 내게 문제만 잔뜩 안겨 주었을 뿐. 숙제만 가득한 별세계. 꼭 다니기 싫었던 학교 같은.

페이, 너라면 어떻게 했겠니?

10

시인의 책 표지를 넘기면 청색 면지에 시 한 편이 딩동댕 소리를 내며 나타나지. 시인의 책이니까 당연한 거 아니냐고? 아니, 그렇지가 않아. 면지에 적힌 시는 손으로 쓴 것. 게다가 그 시는 다른 시인의 것. 그 사실을 알아내는 데는 꽤 많은 시간이 걸렸지만.

> 너를 사랑하기 위하여 오늘은 소주를
>
> 마시고
>
> 취하는 법을 소주에게 묻는다.
>
> 어리석은 방법이지만 그러나
>
> 취해야만 법에 통한다는 사실과
>
> 취하는 법이 기교라는 사실과
>
> 기교가 법이라는 사실을 나는
>
> 미안하게도 술집여자의 무릎을 베고 누워
>
> 취해서 깨닫는다.[1] —벽

시인의 책의 거의 마지막 장, 판권 옆 누런 백지에도 시가 한 편 있지. 처음엔 시인 줄도 몰랐어. 여러 번 읽었어도 도무지 시처럼 보이지가 않았으니까.

당신은 구체적인 것을 원합니다. 당신의 옷, 당신의 구두, 당신의 얼굴이 구체적이듯이 나의 말도 그와 같이 되기를 원합니다. 그러나, 당신은 당신의 눈을 아시는지요?[2] —겅

59

김 진사의 첫인상은 별로였다. 멀쩡하게 생기긴 했다. 눈도 크고 코도 오뚝해서 21세기 여자애들이 딱 좋아할 만한 아이돌형 얼굴이 었다. 칭찬처럼 들렸다면 오해한 것이다. 그건 내 방식의 욕이었다. 종합하면 나와는 비슷하지도 않았다는 뜻. 그래서 완전 비호감이라 는 뜻. 내 취향(성적 취향은 아니고)은 차라리 이용 쪽이었다. 언뜻 보 면 옆집 대학원생 형처럼 평범한데(날카로운 눈매만 빼고) 보면 볼수 록 뭔가 있어 보이는 얼굴이었다. 자신의 남다른 배경과 능력을 한 번도 의심해 본 적이 없는 사람에게만 가능한 외양이라고나 할까? 그럼에도 보란 듯이 잰 체하지 않는 것이 마음에 들었다. 눈매도 자 꾸 보니 겁을 집어먹을 정도까지 무서워 보이지는 않았고. 답 나왔다 고? 자기보다 잘생긴 애한테 질투하는 거라고? 그렇지는 않다. 별로 라는 단어엔 김 진사의 언행도 포함되었으니까. 김 진사는 아무리 높게 쳐 줘도 고딩 수준이었다. 열여섯의 나이에 진사 행세를 하는 건(조선 시대 진사 합격자 평균 나이가 30세 근처였다는 이야기를 어디선가 들은 적이 있다. 김 진사가 진사가 된 건 열네 살 때였다고 한다. 정 떨어지는 인간 같으니.) 머리가 비상하다는 뜻이었지만 그게 곧 현명하다로 이 어지는 것은 아니었다. 아이큐 높은 거 빼면 또래 애들과 다를 게 별로 없었다는 의미이다. 거기다가 김 진사는 인사를 나눈 후론 아예 고개를 돌리곤 이용과만 이야기를 했다.(덕분에 난 한동안 녀석의 뒤통수만 보았다.) 주로 이백과 두보에 대해. 하도 이야기가 어려워서 온 정신을 집중해서 들어 보니 대충 맥락은 이해할 수 있었다. 김 진사는 이백을 높이 평가하는 것 같았다. 이백더러 원래는 신선이었는데 취흥을 못 이겨 하늘나라의 꽃을 꺾다가 바람에 떠밀려 인간세계에 떨어졌다고 주장하는 걸 보면. 신선? 내가 보기엔 말도 안 되는 강아지 소리였지만 이용은 고개 끄덕이며 다 받아 주곤 슬쩍 질문을 던졌다.

집현전 학사들은 두보가 최고라고들 합디다. 그 말은 어떻게 생각하시는지?

사람들은 보통 불고기나 회를 좋아합니다. 먹으면 입이 즐거우니까요. 두보의 시가 딱 그 정도 수준입니다.

두보를 가벼이 여기시나 봅니다.

제가 어찌 감히 시성 두보를 가벼이 여기겠습니까? 백 가지 재주를 갖추었다는 그 두보를요. 다만 신선인 이백에는 못 미친다는 뜻이지요.

어느 정도나 못 미칠까요?

하늘과 땅, 바다와 강의 차이입니다.

말 참 쉽게도 하네. 남한테 한 험담이 너한테 그대로 돌아온다, 진사나 되어서 인과응보도 모르니, 응? 두보나 이백에 대해선 개뿔도 몰랐지만 괜히 두보 편을 들고 싶어졌다. 이용이 김 진사에게 따끔한 한마디를 던지기 바랐다. 그러나 이용은 논쟁을 더 이어 갈 생각이 없어 보였다.

그대의 말을 들으니 가슴속이 시원해집니다. 내 생각과 조금 다르긴 하나 여기에서 논할 일은 아니겠지요.

그러나 김 진사는 물러서야 할 때를 몰랐다. 고개를 돌리더니 갑자기 내게 질문을 던졌다. 지금까지 쭉 무시하다가 그야말로 갑자기.

손님께선 이백과 두보 중에 누가 더 낫다고 생각하십니까?

하지만 녀석은 그 와중에 목소리를 살짝 떠는 실수를 했다. 자기 딴엔 날카롭게 여겼던 그 질문이 김 진사의 어린애 같은 초조한 마음을 그대로 실어 전달했던 것! 녀석이 인사만 건네고 날 외면한 이유를 깨달았다. 녀석은 처음부터 나를 경계하고 있었던 것! 생각해 보니 그럴 만했다. 당대의 명사들만 방문할 수 있다는 이용의 궁에 나는 아예 방 잡아 놓고 머물고 있었으니까. 청바지에 검은 터틀넥 입고 군용 점퍼 걸치고 머리는 빡빡 밀었으니 더 이상했겠지. 도무지 이해가 안 되었겠지. 양반보다는 땡추로 보였을 테니까. 약점을 잡은 나는 일부러 어깃장을 놓았다. 물론 실제로 아는 것이 없기도 했지만.

　둘 다 별로예요.

　그럼 왕발이나 맹호연, 아니면 이상은은요?

　이건 또 뭔 소린지. 이상은은 우리 엄마 나이랑 비슷한 여자 가수 아닌가? 언젠가 티브이에서 한번 봤는데 그저 그랬다. 나머지는 다 모르는 이름이라 초지일관 전략을 썼다.

　그 사람들도 다 별로예요.

　그럼 소동파나 구양수는요?

　갈수록 태산이었다. 수능 시험이 생각났다. 수학 시험지를 받아 들었을 때의 그 막막했던 기분과 비슷했다. 스트레스가 떼로 올라와 내 성질을 건드렸다. 뒷머리가 뻐근했다. 얼마 되지 않는 승부욕이 마침내 발동했다. 세상 모두에게 져도 김 진사 따위에게 지고 싶지는 않았다.

　윤동주가 최고죠.

　누구요?

　왕발도 아는 유식한 분이 이 나라 최고의 시인 윤동주를 모릅니까?

　김 진사는 당황한 듯 입을 벌리고 머리를 긁적였다. 이용은 호기심 가늑한 눈으로 나를 보고 있었고, 나는 눈을 감고 시를 외웠다.

어둠 속에 곱게 풍화 작용하는

백골을 들여다보며

눈물짓는 것이 내가 우는 것이냐?

백골이 우는 것이냐?

아름다운 혼이 우는 것이냐?

이용이 감탄하며 입을 열었다.

시어가 정말로 독특하군요. 시로 귀신과 대화를 나눴다던 이하 같습니다.

이하 같다는 게 뭘 말하는지는 모르겠으나 아무튼 칭찬 같기는 했다. 김 진사도 어쩔 수 없이 한마디를 보탰다.

시어와 감각은 낯설어도 예민한 귀기 하나는 인정해야 하겠습니다. 하지만 이 나라의 시라는 것이 갖고 있는 어쩔 수 없는 한계를……

그때 문이 열리더니 할멈이 들어왔다. 할멈은 이용을 보며 말했다.

대궐에서 사람이 왔습니다.

이용은 김 진사와 내게 양해를 구하곤 자리에서 일어났다. 둘만 남게 되자 김 진사는 아까 그 시는 아무래도, 하고 이야기를 시작했다. 속 좁은 놈. 물론 난 김 진사가 하는 말엔 티끌만큼의 관심도 없었다. 가방에서 편지를 꺼내 김 진사에게 획 던졌다.

운영이 준 편지예요.

예?

운영 몰라요?

아니 그건…… 그런 게 아니라…….

빨리 숨기기나 해요.

예? 왜…….

빨리.

아, 예.

김 진사가 굼뜬 동작으로 늘어진 소맷부리에 편지를 넣자마자 이용이 들어왔다. 김 진사의 얼굴은 잔뜩 붉어져 있었다. 내 얼굴도 그랬던 것 같다. 이용이 이렇게 말한 걸 보면.

그사이 술 대결이라도 하셨습니까?

편지를 받은 후론 김 진사의 말수가 확 줄었다. 이용의 질문에도 건성으로 답할 뿐이었다. 운영이 보낸 편지라는 사실에 단단히 충격을 받은 모양이었다. 속마음을 숨기지 못하는 모습에 처음으로 동정심이 생겼다. 겉으론 잘난 체해도 아직 어린애였다. 도움의 손길이 필요한 어리석은 남자애였다. 그 시절 나처럼. 또는 그 이후에도 여전히 남자애 수준을 못 벗어나고 있는 나처럼. 이용이 분위기를 정리했다.

오늘은 이만 파하도록 합시다. 그리고 내일은 집현전 학사 몇 분이 방문하기로 했습니다. 진사께서도 꼭 와 주십시오.

김 진사는 반드시 오겠지. 지옥행 열차를 잡아타고서라도 오고야 말겠지. 김 진사가 나가기 전 고개를 돌려 나를 보았다. 얼굴엔 핏기라곤 하나도 없었다. 나는 고개를 끄덕이며 빙긋 웃었다. 내 할머니가 그랬던 것처럼.

12

페이를 처음 보았던 시간과 장소와 날짜를 지금도 난 똑똑히 기억한다. 2007년 5월 6일 오전 11시 35분, 일요일, 롯데마트 앞 횡단보도. 두부 심부름을 하러 나온 나는 신호 바뀌기만을 기다리며 발을 동동 구르는 중이었다. 건너편이 갑자기 환해졌다. 불이라도 났나 싶어 쳐다보니 여자애가 있었다. 청바지에 녹색 반팔 티를 입은 여자애가 단발머리를 찰랑이며 아파트 쪽으로 걸어가고 있었다. 눈앞에 불꽃이 팍팍 튀었다. 귀가 멍멍했다. 나는 모든 동작을 멈추고 여자애를 주시했다. 신호가 바뀌었다. 삐삐삐삐 소리가 났다. 깜짝 놀라서 횡단보도를 건넜다. 그때 여자애가 횡단보도 쪽을 보았다. 곧장 나와 눈이 마주쳤다. 마치 선으로 연결되어 있던 것처럼. 여자애는 입술 끝을 올리고 살짝 웃었다. 어깨를 으쓱하더니 고개를 돌리곤 가던 길을 갔다. 나중에 페이는 자기가 웃은 적이 없다고 우겼다. 난 굳이 반박하진 않았다. 그러나 이 자리에서 내 시답잖은 명예 전부를 걸고 다시 말한다. 그날의 기억에 대해선 나도 양보할 수 없다. 페이는 분명 살짝, 살짝 웃었다.

13

나는 잠자리에 눕자마자 우물 속으로 빨려 들어갔습니다. 눈을 떠 보니 집현전 학사 박팽년과 함께 낯선 곳에 서 있었습니다. 우리는 주위를 살폈습니다. 높은 산봉우리들이 저마다의 높이를 겨루고 있었는데, 그 사이로 난 계곡들은 비현실적으로 깊고 그윽했지요. 시선을 돌리니 이번엔 꽃이 활짝 핀 복숭아나무 수십 그루가 보였습니다. 그 사이로는 길이 나 있었습니다. 좁은 길. 묘한 길. 끝이 안 보이는 길. 그런 길을 마다힐 수는 없는 법, 그 길을 쭉 걷다 보니 갈림

길이 등장했습니다. 이 길일까, 저 길일까 하고 망설이던 순간 눈 작은 촌부가 나타났습니다. 묻지도 않은 질문에 촌부는 먼저 답을 주었습니다.

이 길 따라 북쪽으로 계속 가면 무릉도원이 나타납니다.

깎아지른 벼랑을 지나고 또 지났습니다. 울창한 숲과 이리저리 꼬인 길을 걷느라 죽을 고생을 했습니다. 이름만 길이지 길이 아니었습니다. 다리에 힘이 쭉 빠졌고 숨이 턱에 닿았습니다. 아무래도 더 나아가기는 힘들겠다는 생각이 들었습니다. 도원도 좋지만 계속 걸었다간 죽을 것 같았지요. 포기하려는 순간 상황이 바뀌었습니다. 갑자기 확 트인 공간이 나타난 것입니다. 그 아름다움을 어떻게 설명할 수 있을까요? 사방은 산으로 가로막혔고 안개와 구름이 나타났다 사라지기를 반복하며 나머지 빈 공간을 채웠습니다. 공간 한가운데에는 꽃을 피운 복숭아나무들이 있더군요. 대나무 숲이 배경 역할을 떠맡았고요. 띠풀을 덮은 소박한 집도 보였습니다. 사립문은 반쯤 열렸고, 흙담은 무너진 지 오래였지요. 사람과 가축은 보이지 않았습니다. 그저 시내에 조각배 한 척이 물결 따라 흔들리고 있을 뿐이었지요. 정신없이 바라보다가 박팽년에게 말했습니다.

바위틈에 서까래를 얹고 골짜기를 파서 집을 지었다더니 이곳을 두고 한 말이구려. 여기가 무릉도원인가 보오.

인기척이 느껴졌습니다. 돌아보니 최항과 신숙주였습니다. 나와 함께 책을 편찬하던 동지들. 시를 함께 지으며 그림 함께 보며 놀던 친구들. 그들과 이곳저곳 살피며 한참을 더 구경하다 문득 잠에서 깼답니다. 참 신기한 꿈이었지요.

14

참석한 사람은 모두 여섯 명이었어. 이용, 김 진사, 나, 최항, 신숙주, 박팽년. 아니 시중을 들었던 할멈까지 더하면 일곱 명. 김 진사가 제일 늦게 도착했다는 사실은 꼭 밝히고 넘어가야겠어. 제일 젊은 녀석의 얼굴이 이용보다 열 배는 더 피곤해 보였다는 것도. 잠을 설친 게 분명했어. 그럴 만도 하지. 감히 넘볼 생각도 못 했던 아름다운 고딩 누나가 보낸 편지를 받았으니. 운영이 뭐라고 썼는지는 모르겠어. 볼 기회는 있었지만 적극적으로 활용하진 않았거든. 괜한 빌미를 제공하고 싶지는 않았어. 까칠한 애들한텐 아무래도 조심하는 게 좋으니까. 녀석의 상태로 보아, 운영의 직선적인 성격, 그리고 내게 퍼부은 강도 높았던 말들을 감안할 때, 중딩의 마음을 흔들 만한 내용이 적혀 있었던 건 분명한 것 같고. 곧장 둘의 알콩달콩 이야기로 직진하고 싶으나 순서는 지켜야 하는 법. 일단은 식순에 따라 그림 감상부터 하자고.

우리 앞엔 〈몽유도원도〉가 놓여 있었어. 내 감옥 같은 방 벽에 걸려 있던 그 그림. 전날 밤에도 할멈과 함께 두 시간 넘게 보았던 그림. 페이와 내가 네 시간 기다려 30초를 보았던 그림. 진짜와 가짜의 차이를 머리가 아닌 몸으로 느끼게 해 주었던 그림.

이 그림이 그려진 지 벌써 3년이 넘었군요.

신숙주가 제일 먼저 입을 열었지. 페이가 신숙주를 보았다면 좋아서 손뼉을 짝짝짝 쳤을 거야. 신숙주는 키도 크고 잘생긴 남자였어. 굳이 예를 들자면 조인성처럼.

그때가 벌써 꿈처럼 아득하게 느껴집니다.

이건 박팽년의 말. 꿈처럼 아득할 수밖에. 원래 꿈에서 시작된 그림이었으니까. 물론 이건 내 머릿속 생각. 박팽년에 대해 말해 볼까. 얼굴이 굶주린 말을 닮은 박팽년(같은 말상이라도 부유해 보이는 이문세와는 느낌이 많이 달랐다는 뜻이지.)은 아무리 좋게 봐 줘도 여자들이 첫눈에 반할 스타일은 아니었어. 그런데 난 그에게 호감을 느꼈지. 잘난 체하는 구석이 전혀 없었고, 무엇보다도 진심으로 날 반기는 게 느껴졌거든.

출렁이는 이 세상의 파도에서 몸을 빼내기가 참 어렵습니다. 도원에 언제 다시 가 볼 수 있을지…….

이번엔 최항. 최항의 용모는 패스. 신숙주와 박팽년은 이용과 같은 또래였지만 최항은 열 살 더 많은 선배. 살도 꽤 쪄서 중후한 아저씨 느낌을 주었고 나와 인사할 땐 나 이런 사람인데 머리 빡빡 민 너는 대체 누구입니까, 하는 식의 거드름을 잔뜩 풍겼어. 한마디로 약간 밥맛이었지.

안견이 찾아온 적은 없지요?

박팽년의 질문에 이용은 웃으며 고개만 살짝 저었어.

은혜를 원수로 갚다니. 고작 먹 하나에 눈이 멀어 신의를 배반하는 걸 보면 천한 자들은 역시 믿을 수가 없습니다.

최항의 말에 이용은 여전히 웃음 지은 얼굴로 대꾸했어.

그냥 먹은 아니었다오. 중국에서 온 최고급 용매먹이었으니까. 그림 그리는 사람으로서 탐이 났겠지요.

이건? 듣다 보니 내가 아는 이야기였어. 이용과 안견은 용매먹 때문에 사이가 틀어졌다지. 안견이 훔치다가 현장에서 발각된 바람에. 이용은 화를 내며 다시는 자기 근처에도 오지 말라고 명령했고. 날 너무 대단하게 볼 건 없어. 페이가 사 준 책에 그렇게 적혀 있었지.

혹시라도 일부러 그런 건 아닐까요? 대군 곁을 떠나기 위해?

신숙주의 질문은 합당해 보였어. 이용의 사랑을 한 몸에 받던 안견이었는데 도대체 왜 먹을 훔쳤을까? 갖고 싶다고 정중히 부탁했으면 이용이 주지 않았을 리도 없는데. 돌아온 이용의 답은 엉뚱했어. 그림을 둘둘 말아 화구통에 넣더니 신숙주에게 건네며 말했지.

오래 고민하다 범옹 그대에게 주기로 결정했소. 이 중 그림을 가장 잘 아는 이는 바로 범옹이니까. 두 분도 내 생각과 같겠지요?

내게도 발언권이 있었으면 반대 팻말을 번쩍 들었을 거야. 왜냐고? 내가 읽은 바에 의하면 신숙주는 결국 이용을 배반하게 되니까. 무릉도원을 그린 그림의 주인이 될 자격이 없었으니까. 그러나 박팽년과 최항은 짝짝짝 박수로 투표도 없이 안건을 통과시켰지. 둘의 표정은 살짝 달랐지만. 박팽년은 이용의 결정을 당연하게 받아들였지만 최항은 입을 조금 내밀었다 원래 위치로 되돌렸지. 신숙주보다는 연장자인 자기가 가져야 한다고 생각했었나 봐. 못난 인간 같으니. 흥미로운 건 신숙주의 행동이었어. 신숙주는 할멈을 슬쩍 쳐다보는 거 있지? 꼭 허락이라도 받는 것처럼. 할멈은 물론 빙긋 웃기만 했고.

그림의 소유권 문제를 재빨리 매듭지은 이용은 화제를 전환했어. 김 진사와 내게로. 그래, 이른바 신입생 장기 자랑 순서가 된 거야. 우린 시 대결을 펼쳤어. 김 진사는 안개 낀 연못에 이슬 기운이 서늘하고 하늘은 물처럼 파랗고 밤은 길고도 길고 어쩌고저쩌고 하는 도무지 알아들을 수 없는 시를 읊었고, 밑천이 떨어진 나는 죽는 날까지 하늘을 우러러 한 점 부끄럼이 없기를, 로 시작하는 전 국민이 다 아는 그 시를 읊었지. 대단한 평들이 이어졌지만 그건 생략할게. 모두들 정신이 약간 나간 사람들처럼 영혼 없는 칭찬만 잔뜩 퍼부었거든. 별 상관은 없었지. 어차피 내가 지은 시도 아니었으니까.

밤이 깊어서야 모임은 끝났어. 아니, 완전히 끝났다고 말할 수는 없겠네. 이용은 끝나자마자 집현전 학사들에게 할 이야기가 있다고 말했으니까. 김 진사와 나는 나가라는 소리였지. 그들이 나눌 이야기가 몹시 궁금했지만 어쩌겠어? 주인이 나가라는데 나가야지. 그런데 속도 없는 김 진사는 그 순간만을 기다렸던 게 분명해. 푸른 문을 열고 나오자마자 편지 한 통을 내밀었으니까. 하도 서두르고 허둥대는 바람에 내 가슴이 다 덜컥했어. 문이 아직 닫히기도 전이었거든. 주먹으로 머리를 쥐어박아 주고 싶은 마음을 간신히 눌렀어. 머리보다는 호르몬이 더 힘이 셀 때니까. 호르몬에 주먹질을 할 수는 없으니까. 용무를 마친 김 진사는 뭐가 그리 급한지 서둘러 신발을 신었어. 허리 크게 숙여 인사하고는 곧장 솟을대문을 열고 밖으로 나가 버렸어. 대문 옆에 서 있던 할멈이 열어 줄 틈도 없을 정도였지. 활짝 열린 문을 보니 마음이 묘해지더군. 눈 내리는 어두운 밤이라 보이는 것은 하나도 없었지만. 할멈은 조금도 서두르지 않고

느긋하게 문을 닫았어. 일부러 그러는 것처럼. 문을 닫은 후엔 나를 보며 빙긋 웃었지. 다 아는 사람처럼.

15

페이를 다시 만난 건 정확히 일주일 뒤였다. 그러니까 2007년 5월 13일. 요일은 당연히 일요일. 엄마는 거실 바닥을 뒹굴며 아빠와 야구 중계를 보던 나를 발로 툭툭 찼다. 갈 때가 있다면서. 집을 나선 우리는 언덕길을 내려와 횡단보도를 건넜고 롯데마트를 지나 아파트 입구를 통과해 402동 1211호 앞에 섰다. 초인종을 누르자 곧바로 문이 열렸다. 페이의 동그란 얼굴이 보였다. 가슴이 덜컥 내려앉았다. 이건 도대체 뭔 일? 신종 감시 사회인가? 지난주에 아들이 한일을 엄마는 다 알고 있다? 페이는 생긋 웃으며 엄마에게 인사를 했다. 그 뒤론 페이의 얼굴에 20여 년 세월을 조금 짓궂게 더한 아줌마가 역시 생긋 웃으며 서 있었고.

엄마는 페이를 친딸처럼 껴안으면서 아줌마에게 말했다. 많이 컸네. 엄마와 페이는 안면이 있다는 뜻이었다. 소파에 앉은 뒤에야 관계의 비밀이 풀렸다. 엄마와 아줌마, 그리고 페이의 아빠는 대학 동기 동창으로 과도 같았다. 페이네는 대구 모 대학—처음 듣는 학교였다. (다시 스포일러. 내가 재수 끝에 그 학교에 입학할 줄은 까맣게 몰랐다. 그것도 페이 아빠가 교수로 있는 바로 그 과에.)—교수가 된 아빠를 따라 지난 3년간 대구에서 살다가 서울로 돌아왔다. 페이의 고등학교 진학을 위해서.

주말 가족이네.

월말 가족이야. 어찌나 바쁜 티를 내는지 한 달에 한 번만 오겠대. 그것도 한가할 때만.

옛날이랑 똑같구나.

그래, 고지식하지. 지나치게.

우리 집하고 비슷하네. 세부 분위기는 좀 다르지만.

엄마와 아줌마는 아무렇지도 않게 자리에 없는 사람들의 험담을 주고받았다. 엄마에게선 처음 보는 모습이었다. 네 남편도 그러니, 하고 깔깔깔 웃던 아줌마는 그제야 아차 싶은 얼굴로 페이와 나를 보며 말했다.

둘이 가서 놀아.

둘이 놀라니, 난 당연히 페이가 펄펄 뛸 줄 알았다. 중학교 3학년인 여자애가 같은 나이의 남자애와 놀 리가 없었으니까. 우린 유치원 3년 차가 아니니까. 그런데 페이는 네, 라고 대답하곤 자리에서 일어서더니 나를 보며 강아지 부르듯 손짓을 했다. 저건 또 뭐람? 엄마가 엉덩이를 슬쩍 꼬집어서 어쩔 수 없이 나도 일어났다. 그렇게 된 이상 페이 뒤를 졸졸 따라간 것도 어쩔 수 없는 수순이었다.

페이와 내가 들어간 곳은 서재였다. 양쪽 벽에 책이 가득했으므로 그렇게 부르는 게 맞을 것 같았다. 페이의 소개는 달랐다. 공부방이라고 했다. 이사 오자마자 자기가 공부할 장소로 찍었다고 했다. 나중에야 안 사실이지만 그곳은 페이 아빠의 공간이었다. 아줌마의 결정에 페이는 즉각 반발했다고 한다. 집에 잘 오지도 않는 사람을 위해 넓은 공간을 배정하는 건 비합리적이라고 소리 높여 주장했다고 한다. 아줌마는 그럼 공부방으로도 쓰라고 말했고 페이는 그 말을 흔쾌히 접수했다. 그래서 페이는 방 세 개짜리 아파트에서 방 두 개를 쓰게 되었다. 하나는 침실로, 하나는 공부방으로. 물론 가끔 용도가 바뀌기도 했지만. 덕분에 나도 두세 번인가 페이 방에 들어가 보기도 했지만. 물론 그건 나중 이야기. 페이는 책상 앞에 있는 1인용 침대 겸 소파에 털썩 주저앉더니 영화 보지 않을래, 하고 물었다. 페이가 내 대답을 듣지도 않고 비디오를 켰기에 나도 어쩔 수 없이 앉았다. 소파보다는 불편하고 딱딱한 책상 의자에. 그렇긴 해도 내 의자보다는 좋았지만. 페이가 튼 영화는 '박사가 사랑한 수식'이라는 이상한 제목을 달고 있었다. 영화는 그저 그랬다. 내 취향은 아니었다는 뜻이다. 이후 페이의 집에 갈 때마다 첫날의 구도는 크게 바뀌지 않았다. 우린 때론 영화를 보았고, 책을 읽었고, 공부를 했다. 고등학생이 된 지 6개월 정도 지난 뒤―페이는 외고, 난 일반고―나는 책장에서 책 한 권을 꺼내 들췄다. 그 책이 바로 시인의 책이었다. 책장을 넘기던 나는 페이를 불렀다.

이 책 좀 봐 봐. 이거 되게 웃긴다.

시인의 책이 꽁꽁 숨겼던 미스터리가 수십 년 만에 처음으로 세상에 붉은 머리털을 내민 역사적 순간이었다.

16

그대의 눈을 본 후 난 도무지 마음을 진정시킬 수 없었습니다. 내 집 뒤뜰에 서서 그대 잠드는 곳을 바라보며 한숨과 눈물의 나날을 보냈습니다. 그러던 차에 어제 손님을 통해 당신의 아름다운 말씀을 받들게 되었습니다. 편지를 열기도 전에 숨이 막혔습니다. 절반도 읽지 못했는데 눈물이 뚝뚝 떨어져 글씨를 적셨습니다. 잠을 잘 수도 없었고 먹을 수도 없었습니다. 눈을 감으면 다시 떠졌고 음식을 넣으면 목에 걸렸습니다. 아, 나는 병에 걸렸습니다. 그 어떤 특별한 약으로도 고칠 수 없는 병에요. 의원은 괜찮다고 하나 환자는 죽을 고통을 느끼는 치명적 병에요. 그야말로 저승이 눈앞에 와 있는 격입니다. 곧 죽을 두려움에 덜덜 떨며 사느니 차라리 스스로 목숨을 끊는 게 더 낫겠습니다. 천지신명께서 한 번만 더 저를 도와주시면 내 더러운 몸뚱이를 제물로 바치겠습니다. 눈물 젖은 편지를 보내려니 다시 목이 멥니다. 무슨 말을 더 하겠습니까?

17

이용은 사나흘 정도 집을 비울 것이라고 했다. 자신이 없는 동안 거북이 나타나지는 않았으면 좋겠다는 말도 덧붙였다. 농담인가? 진담인가? 암시인가? 저주인가? 나는 뭐라고 답해야 할지 몰라 씩 웃었다. 가슴 한쪽은 아직도 거칠게 뛰고 있는 중이라는 사실은 당신에게 밝혀야겠다. 이용과 만나기 전 나는 출입이 금지된 철문 너머로 돌을 함께 묶은 편지를 던졌다. 사전에 약속한 대로 휘파람을 불고 뻐꾹 소리를 들은 후에. 서둘러 되돌아온 나는 그 자리에 꼬꾸라질 뻔했다. 이용이 대청에서 날 기다리듯 서 있었으므로. 들켰나 싶어 손발이 덜덜 떨렸다. 댕강 잘릴 위기에 몰린 목을 만졌다. 그러나 이용은 나를 반기며 그저 이렇게만 말했을 뿐이었다.

차나 한잔하시지요.

방 안에 들어온 이용은 할 말을 다한 사람처럼 더는 입을 열지 않았다. 그저 차만 입에 댈 뿐이었다. 차 한잔하자고 했으니 차를 마신다는 식으로. 왠지 모를 압박감, 두려움, 죄의식, 그리고 어쩐지 수상한 분위기에 쫓겨 느닷없이 신숙주 이야기를 꺼냈다.

왜 범옹에게 그림을 주셨습니까?

그럼 누구에게 주어야 옳았겠습니까?

아차! 괜한 소리를 꺼냈다 싶었다. 신숙주는 나쁜 놈이에요, 하고 답할 수도 없는 노릇이었다. 그랬다간 수백 가지, 아니 수만 가지 후속 질문에 시달리게 될 테니까. 그러나 이용은 내게 대답을 강요하지 않았다.

그대는 무릉도원을 믿습니까?

네?

밑도 끝도 없는 새로운 질문에 난 여전히 제대로 된 답을 하지 못하고 이용의 얼굴만 보았다. 그러고 보니 이용의 얼굴은 어두웠다. 등불 두 개만 켠 방 안의 어둠보다 열 배는 더 어두웠다. 대궐에 무슨 일이라도 있는 걸까? 집현전 학사들과 심각한 이야기라도 나눈 걸까? 사나흘 집을 비운다는 건 그래서일까? 그런데 무릉도원을 믿느냐니 그건 또 무슨 소리일까? 머리가 아팠다. 내가 아닌 페이가 왔어야 했다. 서울대 고고미술학과 수석 입학생 페이였다면 이용의 고민을 해결하는 데 큰 도움이 되었을 게 분명했다. 아, 나라는 쓸모없는 인간. 간신히 합격한 학교도 그만두고 군대 갈 날만 기다리고 있는 주제에 이용 옆에서 도대체 뭘 하고 있는 건가?

무릉도원을 의심하는 이들이 있습니다. 아니 내가 무릉도원을 꿈에서 보았다는 사실을 의심하는 이들이 있습니다.

나는 고개를 끄덕였다. 하긴, 내가 본 책에도 그런 주장이 있기는 했다. 이용이 정치적인 목적을 이루기 위해 꿈을 창작했다는 의견이었다. 정치적인 목적이라는 표현에 눈살을 찌푸릴 필요는 없다. 이 경우엔 오히려 선의라는 단어가 더 적합할 것 같으니까. 꿈 창작설을 편 전문가는 작은형인 수양을 견제하기 위한 의도가 숨어 있었다고 썼다. 큰형인 문종이 임금으로 있는 상황임에도 궁에 매일 출근하다시피 하는 수양에게 이제 그만 현안에서 손을 떼라는 뜻을 전하려 했다는 것이다. 그 작전이 먹혀들지 않았다는 건 역사를 보면 알 수 있다. 물론 그건 문종이 죽은 후의 일.

범옹 또한 그중 한 사람입니다. 안견이 그린 그림을 칭찬하는 말을 잔뜩 쓰기는 했지만 그 사람 마음은 내가 잘 압니다. 범옹은 뭐랄까, 괴이한 것을 믿지 않는 사람이거든요. 현실을 냉정한 눈으로 바라보는 사람이거든요.

그래서 범옹에게 그림을 준 거로군요. 그런데 효과가 있기는 할까요?

범옹을 믿지 않습니까?

그런 건 아니고요…….

재미있군요.

네?

범옹도 똑같은 말을 하더군요. 자기를 보는 손님의 눈빛이 심상치 않다고요.

아, 예.

갑자기 식은땀이 났다. 이용은 빙긋 웃으며 물었다.

범옹이 받은 게 과연 그림일까요?

그럼?

나의 신뢰입니다.

아하.

비밀 하나 알려 드릴까요?

글쎄요, 비밀은 별로…….

지금 전하께서는 병상에 계십니다. 가벼운 종기라 금방 일어나시긴 하겠지만 아무래도 전과 같으시진 않을 겁니다.

비로소 상황이 이해되었다. 이용이 집현전 학사들을 집으로 부른 진짜 이유였다. 갑자기 소름이 끼쳤다. 이제야 비로소 내 할 일을 만났다. 그러면 그렇지. 애들 연애 사건 해결하라고 내게 꿈같은 일이 생겼을 리는 없었다. 이용을 도와 잘못된 역사를 바로잡아야만 할 것이다! 그게 내 소명인 것이다! 페이, 알겠니? 난 이런 사람이라고. 이게 내 진짜 모습이라고. 이용은 소매 안에서 금속 물체를 꺼내 내게 건넸다. 열쇠였다. 묵직했다.

내가 집을 비운 동안 운영과 이야기를 나눠 주십시오.

잘못 들었나 싶었다. 진지하게 흘러가던 이야기가 왜 또 운영 쪽으로 방향을 튼 거지? 열쇠는 또 뭐고?

말씀드리기 부끄럽습니다만 나는 운영을 참 좋아합니다. 꿈속에서 보았던 그대가 실제로 나타난 걸 보고 얼마나 반가웠는지 모릅니다.

믿었던 도끼에 발등 찍힌 격이었다. 부끄럽다면서 기어이 말하고 마는 심보는 또 뭔가? 허탈했다. 중대한 역사적 문제에서 사소한 연애 사건으로 급전직하한 느낌. 20점짜리 문제가 1점짜리로 바뀐 느낌. 역전 만루 홈런이 파울로 판정받은 느낌. 그러면 그렇지. 내 주제에 뭐. 아무래도 이게 내 운명인 것 같았다. 지지부진한 내 인생엔 그저 삼각연애 사건이 딱이지. 딱이고 말고. 기분이 상한 나는 엄마에게 배운 삐딱선을 슬쩍 내밀었다.

부인이 계시지 않습니까?

열두 살 때 결혼을 했지요. 마음에도 없는 상대와. 그러니 이름만 부부일 뿐이지요. 애정은 전혀 없습니다.

초딩 때 결혼했다는 말을 들으니 뭐라 반박할 수도 없었다. 애정 없는 결혼은 결국은 문제를 일으키기 마련이니까. 오해는 금물. 우리 집이 그렇다는 건 절대 아님! 엄마, 아빠의 시도 때도 없는 애정 행각이 오히려 나를 불편하게 할 정도였으니. 하나뿐인 자식 생각도 좀 하라고 부탁해야 할 정도였으니. 여기에 이르니 내가 궁금한 건 단 하나였다. 왜 운영을 불러다가 직접 말하지 않는 건가? 궁녀에게 접근해서는 안 된다는 법이라도 있나? 어차피 그러려고 뽑은 궁녀 아닌가? 이용의 아버지인 세종도 부인이 꽤 많았다는 이야기를 인터넷에서 본 것도 같은데? 그러니까 이용 마음먹기에 달린 문제 아닌가?

일종의 사제관계였다고 말할 수 있겠지요.

네?

어릴 때부터 직접 가르쳤던 터라 좀 조심스러웠습니다. 여러 가지 문제로 머릿속도 복잡했고요. 그대가 온 이상 더 미룰 이유는 없습니다.

내 머리로는 도무지 이해가 안 되는 문답이었다. 나와는 달라도 너무 다른 세계. 페이, 이럴 땐 어떻게 해야 하는 거니? 목이 탔다. 단숨에 차를 비웠다. 그래도 갈증은 가시지 않았다. 차 한 잔 더 따라 마시고 이제 침묵 모드로 들어간 이용에게 물었다.

그런데 사나흘 동안 어디를 다녀오실 건가요?

이용은 빙긋 웃으며 답했다.

무릉도원을 찾으러 갑니다. 꿈을 믿지 않으니 진짜를 보여 줄 수밖에요.

18

시인의 책에 적힌 건 두 편의 시만이 아니었다. 면지를 넘기면 나타나는 빈 공간엔 짧은 글이 적혀 있었다.

허물을 덮어 주는 자는 사랑을 구하는 자 —때

페이는 인터넷 검색을 통해 이 구절이 잠언 17장 9절에서 따온 내

용임을 알아냈다.

책에 꽂힌 메모지엔 시가 적혀 있었다. 시의 제목은 편지였다. 그립다고 써 보니 차라리 말을 말자 그저 긴 세월이 지났노라고만 쓰자, 로 시작하는 시. 그런데 뒷면엔 이렇게 적혔다.

이건 아니지. 너무 달콤하기만 해.

군데군데 밑줄도 그어져 있었다. 예를 들면 다음과 같은 구절들.

당신은 나를 영원히 쫓아 버리는 것이 정직할 것이오.

내 괴로움에는 이유가 없을까.

종점이 시점이 된다. 다시 시점이 종점이 된다.

두세 군데엔 손으로 쓴 글씨도 있었다.

사랑, 도피, 죽음(83.9)

이대로 감옥에 갇혀서(83.10)

영원한 안녕(83.11)

無!

미라가 된 단풍잎도 한 장 있었다. 만지면 부서질 것 같은. 그리고 작은 꽃잎도 여러 장 있었고.

페이가 말했다.

편지와 메모지에 적은 시는 우리 아빠 글씨가 틀림없어.

당연한 거 아냐? 여기 있는 책들은 아저씨 거니까.

나는 심드렁하게 대답했다. 페이는 반달곰 주먹으로 내 머리를 쥐어박으려 했다. 난 살짝 피했고. 오히려 가운뎃손가락으로 페이의 주근깨를 살짝 건드리는 반격에 성공했고. 이게 바로 무하마드 알리의 방식. 나비처럼 날아서 벌처럼 쏘는. 페이가 코를 찡긋하곤 말했다.

그렇게 간단하지가 않아. 경이 쓴 글은 우리 아빠 글씨와는 전혀 달라.

애인이었겠지 뭐. 아니면 아줌마가 그랬던가.

우리 엄마 이름은 진영이야. 혹시?

혹시 뭐? 엥, 우리 엄마? 꿈 깨라, 은숙이다. 불친절하고 사나운 은숙 씨.

패는 또 뭐지? 경의 글씨와는 또 다른데?

오호, 또 다른 애인? 아저씨 굉장한걸?

페이는 잠깐 방심했던 사이 기어이 내 머리를 쥐어박는 데 성공했

86

다. 주먹을 불끈 쥐어 보이곤 의기양양한 얼굴로 추리를 이어 갔다.

1983년이면 우리 아빠 엄마가 대학에 입학한 해인데.

우리 엄마도 그랬겠네. 같은 학교 같은 과 같은 학번이었다니. 우리 아빤 두 살 아래지만. 혹시 나중에 우리 아빠 보거든 놀라지 마라. 얼굴 봐선 도저히 믿을 수 없을 테니까.

이상한 건 벽이라는 이름이야. 우리 아빠 이름은 현일이니까 벽과는 아무 관계도 없지. 게다가 성경 구절이라니. 우리 집에 금강경은 있어도 성경책은 없는데.

듣고 보니 그랬다. 뭔가 앞뒤가 잘 맞지는 않았다. 그러나 그건 낡은 시인의 책. 시인은 죽어서 별이 되었고 시인의 책을 매개로 깜찍한 사랑을 나누었던 이들은 누군가의 아버지(물론 페이의 아빠이겠고!), 어머니가 되어 자식을 죽도록 괴롭히고 있을 터였다. 나와는 하등 관계가 없다는 뜻. 내 코가 석자라는 뜻. 그 뒤로 시인의 책 이야기는 쑥 들어갔다. 페이가 다시 내 눈앞에 책을 내민 건 고2 겨울방학을 며칠 앞둔 날이었다.

19

이용은 도대체 왜 내게 열쇠를 준 걸까?

그 생각이 좀처럼 머리에서 떠나지 않았다. 이용은 집을 떠나면서 내게 운영을 만나도 좋다고 했다. 조건이 있기는 했다. 장소는 붉은 문 안쪽 넓은 내당이어야 하고 자란, 그리고 할멈과 반드시 동석해야 한다는. 걱정도 팔자라는 말이 나올 뻔했다. 운영과 내가 단둘이 만날 일은 어차피 없을 것이었다. 개인적인 조언은 하고 싶지도 않았고, 운영 또한 듣지도 않을 테니까. 혹 둘이 만나더라도 철문을 열고 운영의 방에 들어가는 방법을 사용하고 싶지는 않았다. 괜한 의심을 살 필요는 없었으니까. 무슨 소리냐고? 온갖 경우를 상상해도 철문을 열 수 있는 열쇠는 내게는 도무지 필요가 없다는 뜻이다. 운영과 자란이 김 진사가 보낸 편지를 머리 맞대고 함께 읽고, 토론하고, 분석하는 동안, 할멈은 눈을 감고 명상에 잠겨 있는 동안 난 내내 그 생각을 했다. 이용이 준 필요 없는 열쇠의 정확한 용도에 대해.

너한테 푹 빠졌네, 푹 빠졌어.

자란이 운영의 옆구리를 툭 쳤다. 운영은 자란을 흘겨보았지만 이내 웃음 짓는 걸 보니 싫은 것 같지는 않았다. 역시 진사님이라 글을 잘 쓰기는 하네, 하고 말하기까지 하는 걸 보면. 자란은 갑자기 내게 질문 세례를 퍼부었다. 내용이 조금 과하지는 않나요? 제물로 바친다는 둥, 음식이 넘어가지 않는다는 둥. 좀 무섭네요. 남자들은 다 이런가요?

나는 대충 정리해서 대답했다. 하고 보니 꼭 연애박사의 조언 같아서 실소가 나왔지만.

연애가 처음이라 그럴 거예요. 연애편지도 처음일 테고. 대부분의 남자들은…….

날 너무 좋아해서 그런 거야.

운영은 내 말을 뚝 자르고 결론을 냈다. 당사자가 그렇다는데야 내가 더 할 말은 없었다. 어차피 내 연애박사 학위는 가짜였으니. 덕분에 대부분의 남자들은 조금 더 실용적인 의견을 전달하지요, 함께 밥 먹자, 영화 보자 하는, 뭐랄까 한 걸음 더 나아가는 쪽으로요, 라는 박사들 특유의 모호한 일반론적인 답은 목구멍 속으로 쏙 들어갔다.

김 진사님을 만나게 해 주세요.

운영의 이어진 말에 다들 깜짝 놀랐다. 할멈도 명상을 중단하고 눈을 번쩍 떴으니 말이다. 긴 침묵이 흘렀다. 생각해 보면 운영의 요구는 당연했다. 편지로 서로의 마음을 확인했으니 그다음 단계는 얼굴을 마주하고 이야기를 나누는 것이어야 했다. 함께 밥 먹고 영화 보는 일. 원래는 김 진사가 제안했어야 마땅한 일이기도 했고. 그런데 문제가 있었다. 이용은 궁을 떠나면서 할멈에게 궁 안에 아무도 들이지 말라고 당부했다. 그것도 내가 옆에 서 있을 때 큰 소리로. 제발 좀 말귀를 알아들으라는 것처럼. 이용이 떠나자 솟을대문은 닫혔고 창을 든 병사 네 명이 문 안팎을 지켰다. 담장을 따라 병사들이 배치되었으니 궁은 외부로부터 완벽하게 차단된 셈이었다. 궁을 드나들 수 있는 건 특수 신분이라 할 할멈뿐이었고. 열쇠를 만지작거리며 운영의 요구를 해결할 방법을 곰곰 궁리하던 내 머릿속에 요상한 생각 하나가 떠올랐다. 이용이 혹시 김 진사와 운영의 썸을 알고 있는 게 아닐까?

앗! 그렇게 생각하니 앞뒤가 딱딱 맞았다. 떠나기 전 운영에 대한 마음을 털어놓은 것도 그랬고, 꿈을 꾸고 나를 기다렸다는 이야기도 그랬다. 김 진사의 존재가 이용을 초조하게 만들었던 것. 물론 정보제공자는 가끔은 박쥐로 변신하는 할멈일 테고. 그런데 왜 열쇠를 내게 줬지? 이용은 분명 날 자기편으로 여기고 있을 텐데. 난 이용의 꿈에서 곧바로 현실로 이어진 신화적, 영웅적 존재니까. 페이가 반달곰 주먹으로 내 머리를 때리며 비웃었다. 이 바보야, 생각 좀 해, 생각 좀! 그래, 페이한테 더 얻어맞기 전에 생각을 하자, 생각을. 열쇠가 필요한 사람은…… 출입 금지 지역에 기를 쓰고 들어가고 싶어 하는 사람은…… 김 진사 말고는 없다. 그렇다면…… 김 진사와 운영을 만나게 해 주라는 건가? 정말 그런 뜻인가? 그런데 왜? 도대체 왜?

저기요, 제 말 듣고 계세요?

운영이 나를 빤히 쳐다보고 있었다, 페이처럼. 답을 주기 전엔 절대 물러나지 않을 기세였다. 나는 할멈에게 도움을 요청하는 눈빛을 보냈다. 할멈은 슬쩍 고개를 돌리는 것으로 대답했다. 결국은 이번에도 내가 알아서 할 일이라는 뜻. 그러나 내 머릿속은 네안데르탈인이 거주하던 동굴처럼 깜깜했다. 이건 뭐 힌트도 없고. 그냥 알아서 찍으라는 거야? 나 같은 무식쟁이한테? 나는 에라 모르겠다 하는 마음으로 열쇠 찬스를 사용하기로 했다. 나는 열쇠를 꺼내 보이곤 살살 흔들었다.

철문 열쇠는 내가 갖고 있어요.

효과가 있었다. 모두의 시선이 내게 모아졌다. 나는 침을 꿀꺽 삼키고 말을 이었다.

문제는 김 진사를 어떻게 궁 안으로 들어오게 하느냐는 겁니다. 그러려면 김 진사를 만나야 하는데 병사들이 쫙 깔렸으니 도무지 방법이 없다, 이겁니다.

제가 좀 도와드려도 되겠습니까?

말한 사람은 누구일까? 할멈이었다. 이용이 신뢰한다는 유일한 사람인 할멈이, 김 진사와 운영의 썸을 알린 게 틀림없어 보이는 부분적 박쥐 인간 할멈이 운영과 김 진사의 비밀 회동에 협조하겠다고 나선 것이다. 내가 부탁한 것도 아니었는데.(부탁의 눈빛을 거절한 건 할멈이었는데.) 운영이 울며불며 매달린 것도 아니었는데. 총칼로 협박한 것도 아니었는데. 내가 여전히 어리둥절한 상태에서 벗어나지 못하고 있는 동안 할멈은 아예 진행을 하고 나섰다.

오늘 밤으로 하십시오. 내가 김 진사에게 연락을 하겠습니다. 병사들의 눈이 닿지 않는 곳에 줄사다리도 내려트려 놓겠습니다.

20

벽은 우리 아빠야, 하고 페이가 말했다.

두 가지 증거가 있어. 첫째, 엄마에 따르면 아빠의 옛날 별명이 벽창호였대. 사람이 하도 답답하고 원칙적이라서. 그건 지금도 마찬가지지만.(페이의 짧은 한숨) 그렇다고 말만 듣고 쉽게 결론을 내려선 안돼. 관련자의 거짓 진술일 수도 있으니까. 그래서 둘째가 필요하지. 물적인 증거.

페이가 내민 건 시집이었다. 오규원 시집. 표지를 넘기니 아이보

92

리색 면지엔 이렇게 적혀 있었다.

벽에게

나만 받는 건 부당하지.

안 그래도 정의롭지 못한 시대인데.

무슨 말인지 감이 잘 오지 않았다. 뭘 나만 받는다는 건지, 그게 시대며 정의와는 무슨 관계가 있는 건지 도무지 이해가 안 되었다. 그래서 제일 쉽게 떠오르는 질문을 던졌다.

그러니까 누군가 이걸 아저씨한테 선물했다 뭐 그런 이야긴가? 경, 또는 패가?

아마 경일 거야. 아니, 경이 확실해.

페이가 내 손에 있던 시집을 빼앗아 책장을 넘긴 뒤 다시 건넸다. 당신은 구체적인 것을 원합니다, 로 시작하는 시의 제목은 〈당신을 위하여〉였다. 페이는 나를 힐끗 본 후 다시 시집을 빼앗아 또 다른 시를 찾아 내밀었다. 〈사랑의 기교 1〉이라는 시였다. 너를 사랑하기 위하여 오늘은 소주를 마시고, 는 제2연의 첫 구절이었고.

그러니까 벽과 경은 이 시집의 시를 베껴 적은 거구나.

그렇다고 볼 수 있지. 하지만 다른 가능성도 있어.

93

뭔데?

그건…… 나중에. 지금은 이것부터 봐.

페이가 시집을 압수하고 내민 건 시인의 책에 들어 있던 미라가 된 단풍잎이었다.

뒤집어 봐. 살살.

이거야 원. 말로 해 주면 안 되나? 꼭 심문받는 느낌이었다. 그래도 페이의 말대로 했다. 살살, 아주 살살 뒤집었다. 흰 글씨로 뭔가가 적혀 있었다.

우리의 과거는 아름다운 추억으로 간직하자. —경

누가 봐도 이별 통보였다. 시인의 책을 함께 읽고, 시집을 나눠 읽고 베껴 썼던 벽과 경은 어느 시점엔가 헤어진 것이었다. 아마도 1983년 11월에. 벽이 적었던 '영원한 안녕!'이라는 문장으로 미루어 짐작할 때.

그럼 패는 누굴까? 패의 글씨는 굉장히 차분하던데.

딱 봐도 우리 엄마지 뭐. 참고로 패의 글은 벽과 경의 글과는 시대 자체가 달라. 벽과 경의 사랑이 끝나고 한참 뒤에 썼다는 뜻이지. 구체적으로 말하면 결혼 직후에.

그걸 다 어떻게 알았어? 너 셜록 홈스냐?

영 미스 마플이라고 해 줘.

그래, 늙은 영 마플 양.

교회 다닌 적 있느냐고 물었더니 여고생 때부터 결혼해서 나 낳기 전까지 다녔대. 미션 스쿨의 영향으로. 설립자의 간교한 술책이 먹힌 거지.

셜록 홈스건 미스 마플이건 설립자의 술책이건 간에 난 그저 페이의 추리에 입 벌리고 감탄할 수밖에 없었다. 이 정도 실력이면 경찰대학에 진학해도 될 것 같았다. 물론 유니폼과 조직을 경멸하는 페이가 그럴 리는 없겠지만. 페이, 대단해, 하고 엄지손가락을 척 들어 보였더니 페이가 하는 말.

집에 가서 책 한번 찾아봐.

무슨 책?

무슨 책일까?

내가 고개를 젓자 페이는 짧은 한숨 내뱉은 후 말했다.

오규원 시집.

21

작전은 성공했어?

응, 성공하긴 했지. 김 진사 녀석이 하도 사다리를 못 타서 똥줄은 좀 탔지만.

아드레날린이 팍팍 솟구쳤겠네.

아드레날린은 무슨. 겨우 올라온 녀석이 헉헉대는 동안 열쇠로 자물쇠를 열고 철문을 밀었는데 망할, 또 끼이익 우리 엄마 조상님 돌아가시는 소리 나는 거 있지? 들킬까 봐 식겁했다, 식겁했어.

갈수록 흥미진진해지네.

흥미진진은 무슨, 첩첩산중이지.

그래서?

김 진사 등 떠밀어 재빨리 들여보내고 문을 닫았어. 소리 나건 말건 재빨리 자물쇠 잠그고 돌아서는데 병사 한 명이 달려오더라.

그래서?

씩 웃었지.

의심 안 해?

문도 잠겼는데 뭘. 게다가 난 이용의 손님이고.

빡빡머리 손님?

그래, 빡빡머리 손님.

꿈에서 현실로 온?

대사급 외교사절이지.

그래서?

뭘 그래서?

그다음엔 어떻게 되었냐고?

내 방 철제 침대에서 두 시간쯤 이리 뒹굴 저리 뒹굴 하다가 다시 철문 앞으로 갔지. 뻐꾹 소리가 들리기에 자물쇠를 열고 조심조심 소리 나지 않게 철문을 열었지. 내 평생 가장 신중했던 순간이었지.

그래서?

김 진사가 나오고 철문 닫고 자물쇠 잠그고 녀석이 사다리 타고 내려가는 걸 지켜보았지. 그걸로 끝.

그냥 끝?

그날 일정이 끝났다는 말씀. 다음 날도 똑같은 작전이 반복되었어. 이용이 사나흘 뒤에 온다고 했으니 안전하게 사흘 기준으로 생각하면 사실상 마지막 작전의 밤.

그런데 둘이 뭘 했대?

몰라. 안 물어봤어.

왜?

97

그냥.

안 궁금했어?

내 일도 아닌데 뭘.

정말?

정말.

싱겁긴. 그런데 마지막 작전, 그건 잘 안 됐지?

왜 그렇게 부정적으로 생각해?

왠지 그런 느낌. 그래야 재미있을 것도 같고.

작전대로 되긴 했어. 막판에 일이 좀 생기긴 했지만. 그것 때문에 밤을 새우다시피 했지만.

누우면 곧바로 잠드는 네가?

그래, 곰돌이 푸처럼 잠 많은 내가.

고3 때도 열두 시 전에 자던 네가? 재수할 때도 그 패턴 그대로 유지했던 한결같은 네가?

그래, 내가. 한결같은 내가.

무슨 일 때문에?

김 진사가 사다리 타고 내려가기 전에 한 말 때문에.

뭐라고 했는데?

녀석이 울먹이면서 말하더라고.

뭐라고 했냐고?

운영이 그랬대. 좋아한다면 자기를 궁에서 탈출시켜 달라고.

22

저는 남쪽 지방에서 태어났어요. 매화나무, 대나무, 귤나무, 유자
나무가 사이좋게 우거진 곳에서. 손을 넣으면 물고기가 인사하듯 손
바닥을 핥고 지나가는 맑고 정겨운 개울이 흐르는 곳에서. 어릴 적
부모님은 제게 사내아이 옷을 입히고 하고 싶은 걸 마음껏 하게 하
셨어요. 그래서 전 장난꾸러기 소년이 되어 다른 아이들과 함께 들
판과 숲과 개울을 누비며 다녔지요. 지금도 눈을 감으면 그때의 모
습이 떠올라요. 물가에서 아이들과 함께 고기 잡던 일, 나무하고 소
등에 타고 피리 불던 일, 목말을 타고 귤이며 유자를 따던 일, 강변에
서서 지는 해와 물안개를 보던 일, 비 온 뒤 죽순과 활짝 핀 매화꽃
을 보며 함빡 웃던 일……. 여자아이가 하는 공부는 일곱 살 때부터
시작했어요. 아버지에게 삼강행실도, 천자문, 칠언당음을 익혔지요.
어머니에게 수놓는 법, 바느질하는 법, 다림질하는 법을 배웠지요.
언니와 함께 그림노 그리고 글씨도 쓰고 거문고도 연주했지요. 하루

하루가 참 좋았지요. 밖에서 뛰놀던 어릴 적만은 못했지만요.

열세 살 때 궁중에 들어왔어요. 처음 며칠은 뭣도 모르고 환장하
게 좋아했어요. 반짝이고 번쩍이는 것들에 눈이 홀딱 팔려서. 촌뜨
기처럼. 그저 잠깐이었어요. 반짝임과 번쩍임에 익숙해지고 나니 그
런 것들은 금방 시들해지더군요. 이내 고향이 그리워졌어요. 부모님
과 언니, 오빠가 보고 싶어 못 참게 되었어요. 무슨 수를 써서라도 돌
아가고 싶었어요. 매화꽃과 물안개를 위해서라면 머리라도 자를 수
있을 것 같았어요. 그래서 머리를 썼어요. 일부러 남루한 옷을 골라
입고 얼굴에 검댕 묻힌 후 울면서 궁을 휘적휘적 걸어 다녔어요. 저
를 더럽고 한심하고 머리에 문제 있는 애로 여겨 궁에서 내보내도
록 만들기 위해서였지요. 그런데 길 중간에서 마주친 할멈이 절 보
고 빙긋 웃으며 이렇게 말씀하시더군요.

한 떨기 연꽃이 뜰 안에 피었구나.

그 말을 듣는 순간 내 엉성한 작전이 완벽하게 실패했다는 걸 깨
달았어요. 감옥 같은 궁에 들어온 이상 고향으로 돌아갈 방법 같은
건 없다는 걸 깨달았어요. 그 뒤론 공부에 전념했어요. 공부는 재미
있었어요. 새로운 걸 알아 가고 공들여 시를 짓고 아름다운 글씨를
쓰는 건 제법 큰 기쁨을 주었지요. 여럿이 어울려 거문고를 연주하
면 몸이 붕 뜨는 것 같았지요. 두셋이 모여 피리를 불면 다른 세상에

있는 것 같았고요. 물론 갑자기 마음이 울적해지는 때도 있었어요. 그럴 때면 맨발로 대나무 숲을 걷기도 하고 새로 피어난 제비꽃을 모질게 꺾어 버리기도 했어요. 이미 활기를 잃은 꽃들을 다시 철문에다 던지기도 했고요. 자란이 없었다면 미쳐 버렸을지도 모르겠어요. 자란의 위로 한마디가 아니었으면 철문을 손가락뼈가 부서지도록 마구 두드렸을지도 모르겠어요. 둘이 손을 붙잡고 엉엉 울지 않았다면 담 아래로 뛰어내렸을지도 모르겠어요. 그러지 않기를 참 잘했다는 생각이 들어요. 오랜 기다림 끝에 드디어 김 진사를 만났으니까요. 천상에서 내려온 신선 같은 김 진사를, 내 영혼의 짝인 김 진사를 드디어 만났으니까요. 이제 다시는 김 진사와 헤어지지 않을 거예요. 철문도, 담도, 대군도 나를 막을 수는 없을 거예요.

23

자란은 즉각 반대 의견을 냈다.

그건 대군을 배반하는 거야.

운영은 빛의 속도로 반발했다.

그런 말이 나오니? 심 진사를 만나라고 한 건 너였어.

둘의 공방전이 이어졌다.

만나라고 했지 도망가라고 하진 않았어.

그럼 넌 내가 몇 번 만나고 이제 끝, 할 줄 알았니?

응.

얘 말하는 것 좀 봐.

왜?

내가 기생이니?

누가 너더러 기생이래?

그런데 왜 그렇게 말해?

내가 왜 김 진사를 만나라고 했는지 아니?

왜 그랬는데?

모자라 보여서.

누가? 내가?

김 진사.

뭐라고?

딱 봐도 어린애더라. 그래서 한두 번 만나면 네 환상이 깨질 줄 알았지.

지금 아무 말이나 막 한다 이거니? 그러고도 네가 내 친구니?

여자애들의 날선 대결이 흥미롭긴 했으나 그냥 두었다간 둘 중 하나는 제 명에 못 죽을 것 같았다. 그래서 소리를 빽 질렀다.

그만!

효과가 있었다. 다툼은 사라지고 침묵이 찾아왔다. 그러나 불안하고 기이한 침묵이었다. 운영과 자란은 등 돌리고 훌쩍였고, 할멈은 나를 보며 빙긋 웃었다. 할멈이 나를 도와줄 생각이 없다는 건 표정만으로도 알 수 있었다. 내 할머니도 그랬다. 초등학교 시절, 엄마에게 크게 혼나고 나면 한 동네에 있던 할머니 집으로 도망쳤다. 할머니는 내 투정과 이야기를 다 받아 주고 들어 주었다. 그러나 절대 내가 옳다고 말하지는 않았다. 그렇다고 엄마 편에 선 것도 아니었다. 그저 빙긋 웃었을 뿐. 할멈의 저런 태도가 아니어도 이 문제는 내가 해결해야 할 것임에 분명했다. 물음표 거북을 따라온 건 나였으니까. 누가 등 떠밀어 억지로 기린교를 건너게 한 건 분명 아니었으니까. 이용 또한 나를 솟을대문 안으로 들이기 전에 괜찮겠느냐고 물어보았으니까. 짜증 나고 어려운 문제였지만 이대로 물러설 수는 없었다. 물러서는 건, 포기하는 건 나의 전매특허였다. 그 장기를 또다시 발휘하고 싶지는 않았다. 그랬다간 난 궁에 영원히 갇히고 말 터. 아니 그깟 열쇠 하나 지키지 못했으니 이용의 칼에 목부터 댕강 달아날 터. 나는 운영부터 심문하기로 했다.

김 진사한테 정확히 뭘 요청했는지 말해 봐.

내가 갑자기 말을 놓자 운영은 입 꼭 다물고 나를 쳐다봤다. 저 눈빛, 익숙했다. 페이와의 싸움에서, 아니 고딩과의 기 싸움에서 질 수는 없는 일. 나는 운영의 눈을 피하지 않았다. 운영은 끈질겼다. 그러나 불꽃 튀었던 눈싸움의 승자는 나였다. 고개 살짝 돌린 운영은 짧은 한숨 내쉬고 진술을 시작했다.

김 진사가 했던 말 그대로예요. 좋아한다면 나를 궁에서 탈출시켜 달라고 했어요.

'좋아한다면'이라는 말이 거슬렸으나 때가 때인 만큼 그냥 넘어가기로 했다.

언제?

오경삼점, 파루 종 치는 때에 맞춰서요.

계획은?

말 두 필 준비해서 사다리로 오르고 내리던 담 아래에서 기다리기로 했어요.

어디로 가려고?

고향으로 갈 거예요.

위험할 텐데?

부모님, 언니, 오빠에게 하직 인사한 후 더 멀리 갈 거예요. 사람들이 찾을 수 없는 곳으로.

김 진사는 동의했고?

네.

나는 김 진사가 울먹였다는 말은 하지 않기로 했다.

들어 보니 우리 도움이 필요한 것 같은데?

네.

그런데 왜 미리 말 안 했어?

김 진사가 했잖아요. 그러니까 한밤중에 여기 모인 거고요.

대답엔 짜증이 듬뿍 담겼다. 아무리 좋게 봐도 심문받는 사람의 자세는 아니었다. 도움을 받아야 할 처지라는 인식도 별로 없어 보였다. 모든 걸 당연한 걸로 여기는 저 못된 심보. 완전 밉상! 누구 때문에 이 고생을 하고 있는데! 너 때문에 우리 목이 댕강 잘릴 수도 있다는 걸 모르겠니? 페이를 닮아서 꾹 참고 있었더니……. 계속하다간 열불이 뻗쳐 고함이라도 지를 것 같아 심문 대상을 운영에서 자란으로 바꿨다.

대군을 배반할 수는 없다?

다른 이유들도 있어요.

말해 봐.

힘들어지는 사람들이 너무 많아요. 우선 운영의 부모님이 그렇겠지요. 대군의 길날이 제일 먼저 향할 테니까요. 김 진사의 부모님도 온전하진 못할 거고요. 아들이 왕실 재산에 손을 댄 셈이니까요. 궁녀들도 백척간두에 선 건 마찬가지겠지요. 대군께서 다른 궁녀들을 그냥 두겠어요? 제일 아끼던 애가 뛰쳐나갔는데. 하지만 그 무엇보다 중요한 이유가 있어요. 운영과 김 진사는…… 오래갈 것 같지가 않아요.

운영은 잠자코 듣기만 했다. 발끈하지도 않았고 눈물을 흘리지도 않았다. 자란의 말을 들으며 나는 속으로 감탄했다. 자란과 운영의 나이 차이는 한 살이었다. 생각의 깊이는 하늘과 땅의 차이보다 더 컸다. 운영이 철저하게 자기 위주로 생각하는 반면 자란은 주위에 미칠 영향을 걱정하고 있었다. 게다가 자란이 마지막으로 지적한 이유는 나도 크게 공감이 가는 것이기도 했다. 운영과 김 진사의 진행 속도는 지나치게 빨랐다. 너무 빨리 달리면 사고가 나는 법. 게다가 빨라도 비현실적으로 빨라서 왠지 거짓, 또는 환상 같기도 했다. 자란이 운영의 손을 잡고 물었다.

김 진사가 정말 그렇게 좋니? 궁을 당장 떠나고 싶을 정도로? 네 목숨을 걸 정도로?

운영이 눈물을 뚝뚝 흘리며 대답했다.

너한텐 미안해. 하지만 제발 날 좀 보내 줘.

그 순간 난 알았다. 운영은 진심이었다. 제기랄.

운영의 말을 듣고 나는 결정을 내렸다.

모든 위험을 감수하고 운영을 도와주기로. 내가 있는 곳이 어느 세상이건 남을 위해 목숨을 걸어 보기로.

24

페이 말이 맞았다. 우리 집에도 오규원 시집이 있었다. 면지엔 이렇게 적혀 있었다.

영원히 나 혼자 갖고 싶은 여자에게 —벽

페이가 한 말이 비로소 이해가 되었다. 아저씨가 갖고 있는 시집에서 베낀 게 아닐 수도 있다는 그 말을. 두 사람은 서로가 선물한 시집을 한 권씩 갖고 있었던 것.

왠지 배신당한 느낌이 들어 기분이 나빠졌다. 강의를 마치고 막 들어온 엄마에게 달려가 시집을 흔들며 물었다.

엄마가 경이지?

무슨 뜻인지 몰라 어벙한 표정만 짓고 있다가 어느 순간 갑자기 눈이 개구리 왕눈이만큼 커진 엄마는 내게 달려들어 시집을 빼앗았다. 그러고는 내 머리에 불곰 주먹을 선사했다.

25

댕댕댕, 멀리서 파루 종소리가 들렸다. 서른세 번의 종소리를 처음부터 끝까지 다 들었다. 그 시간 동안 말울음 비슷한 소리도 들리지 않았다. 휘파람도 뻐꾹도 없었다. 담 아래엔 다람쥐 한 마리도 지나가지 않았다. 물론 다람쥐까지 체크해 보지는 않았지만. 15분 정도 더 기다렸다가 사다리를 거두었다. 자란은 운영을 껴안았다. 자란은 훌쩍였으나 운영은 울지 않았다. 입술만 꽉 깨물었을 뿐. 그날 오후 운영이 자기 방 들보에 목을 맸다. 할멈이 곧바로 발견해서 목숨엔 지장이 없었다. 할멈은 자란을 운영 곁에 머물도록 했다. 자란과 이야기를 나눈 운영은 안정을 되찾았다.

그날 밤 이용이 돌아왔다.

26

침대에 막 누웠는데 엄마가 문을 열었다. 손에 오규원 시집을 들고. 엄마는 나를 껴안더니 뽀뽀를 하려 했다. 입에선 술 냄새가 났다. 살짝 고개를 돌렸더니 머리를 쥐어박곤 하는 말.

너 지현이 좋아하지?

엄마의 넘겨짚기 방식을 잘 아는 나는 흥분하지 않고 침착하게 응대했다.

우린 친구야.

지현이는 그렇게 생각 안 한다던데?

그럴 리 없어.

지현이 엄마가 그랬어. 진영이는 거짓말을 못 해.

걔 이상형은 브래드 피트야. 엄마 눈엔 내가 브래드 피트랑 비슷해 보여?

아무리 내 아들이라도 그 말엔 반박을 못 하겠다.

엄마는 나를 낚는 것을 포기하고 벽에 등을 기댔다. 엄마랑 나란히, 똑같은 자세로 있는 게 어색했다. 책상 의자로 도망가려는 순간 엄마가 재빨리 내 허리를 붙잡았다.

엄마 옆에 앉아서 시 한 편 읽어 줘.

외면하기엔 엄마의 얼굴이 너무 어두웠다.

무슨 시?

아무거나.

시집을 펼치자마자 나타난 시를 읽었다.

잠자는 일만큼 쉬운 일도 없는 것을, 그 일도 제대로 할 수 없어 두 눈을 멀뚱멀뚱 뜨고 있는

밤 1시와 2시의 틈 사이로

밤 1시와 2시의 공상의 틈 사이로

문득 내가 잘못 살고 있다는 느낌, 그 느낌이

내 머리에 찬물을 한 바가지 퍼붓는다.[3]

엄마가 한숨을 쉬었다. 코를 훌쩍였다. 눈물을 닦았다. 시를 잘못 골랐구나 생각했다. 엄마는 아무거나 읽어 달라고 했는데 나는 그만 제목에 밑줄이 좍 그어진 시를 읽었던 것. 그런 시는 피했으면 좋았 을 것. 그러나 사과할 만한 일은 아닌 것 같아 잠자코 있었다. 엄마 는 이렇게 말했다.

엄마도 옛날엔 시를 참 좋아했어. 오규원, 정현종, 김광규, 황동규 시집은 꼭 사서 읽었어. 아 참, 신경림도 있었지. 김지하도 있었고.

좀 낡긴 했어도 김소월, 조지훈은 여전히 좋았고.

김소월, 오규원 말고는 처음 듣는 이름이었다. 세상엔 시인도 많네, 하고 생각했지만 입 밖에 내지는 않았다.

데모도 많이 했어. 코 밑에 치약 바르고 손수건으로 입 가리고…….

치약을 왜 코 밑에? 하는 생각이 들었지만 가만히 있었다.

세상은 바뀐 게 없어. 나아지는 것 같더니 다시 원상 복귀, 아니 후퇴. 용산참사에, 4대강에…… 도대체 이러다간 앞으로 무슨 일이 일어날지. 물론 동네 보습학원 강사가 할 말은 아니지만.

보습학원 강사라고 세상에 대해 말해서는 안 된다는 법은 없다. 그래서 입을 열었다.

보습학원 강사가 뭐가 어때서?

엄마는 빙긋 웃었다. 화장지를 꺼내 코를 풀곤 휴지 든 손으로 내 머리를 툭 쳤다.

더러워.

난 네 똥 기저귀도 갈았어.

휴지가 똥 기저귀를 이길 수는 없는 일. 그래서 보복을 했다.

아저씨랑은 왜 헤어졌어?

엄마는 아무 말도 하지 않았다. 코를 한 번 더 풀곤 침대에서 일어

111

낮을 뿐. 엄마는 나가기 전에 이렇게 말했다.

지현이한테 고백해 봐. 후회하지 말고, 꼭!

27

이용의 얼굴은 맑은 보름달빛이었다. 옅은 웃음도 지었다. 밝기로 치면 줄곧 어두운 편이었기에, 웃음보다는 침묵을 주특기로 선보였기에 그 얼굴은 낯설었다. 지은 죄까지 있는 탓에 몹시 불안했다. 그래서 선수를 쳤다. 무릉도원을 찾으셨습니까?

네, 라는 대답이 곧바로 돌아왔다. 이용은 질문 나오기만을 기다린 사람처럼 무릉도원에 대한 설명을 줄줄이 늘어놓기 시작했다. 다른 때보다 목소리의 톤을 1.5배 높여서. 억양도 살짝 넣어서.

무릉도원은 뜻밖에도 아주 가까운 곳에 있더군요. 등잔 밑이 어둡다는 말이 과연 만고의 진리인 걸 깨달았습니다. 삼각산, 인왕산, 백악산 골짜기, 심지어는 남산과 수락산, 관악산까지 다 뒤지며 다녔어도 못 찾았는데 뜻밖에도 자하문 뒤편에서 찾았으니 말이지요. 이곳에서 5리도 떨어지지 않은 곳에 무릉도원이 숨어 있었을 줄 누가 알았겠습니까?

귀 기울여 듣고는 있었으나 좀 헷갈렸다. 나는 무릉도원을 찾으러 간다는 이용의 말을 일종의 비유로 여겼다. 문종의 와병으로 싹 트기 시작한 정국의 혼란, 구체적으로 말하면 수양의 야심을 막을 실질적인 방도를 찾으러 간다는 식으로. 내 머리가 짜낼 수 있는 최선의 생각이었다. 페이가 준 책을 읽지 않았더라면 그마저도 불가능했을 것이고. 그런데 그게 아니었다. 이용은 말 그대로 진짜 무릉도원을 찾으러 갔던 것이었다. 그리고 내게 무릉도원을 단 3일 만에 찾아냈다고 말하고 있는 것이었다.

포기하기 전에 마지막으로 한 번 더, 하는 마음으로 자하문 뒤편 길을 택해서 걸었지요. 가까운 곳이라 자세히 살피지도 않고 지나쳤던 길이지요. 그런데 조금 걷다가 놀라운 광경을 보았습니다. 얼지 않은 계곡물을 따라 복숭아꽃 서너 송이가 떠내려 온 것이지요. 잘못 보았나 싶어 눈을 비볐습니다. 눈 내리는 한겨울에 복숭아꽃이라니 믿을 수가 없었습니다. 다시 보아도 그건 분명 복숭아꽃이었습니다. 너무 놀라서 입 벌리고 보는 사이 복숭아꽃은 저 아래로 사라졌습니다. 후회스럽습니다. 조금만 정신을 차렸더라면 한겨울에 핀 복숭아꽃을 직접 보여 드릴 수도 있었을 텐데 말입니다. 아쉬운 마음을 달랜 후 계곡을 따라 걸었습니다. 난마처럼 얽힌 넝쿨과 집채만 한 바위가 앞을 가로막았습니다. 마치 들어가서는 안 된다고 말하는 것 같았지요. 하지만 포기할 수는 없었지요. 가로막는 게 있다는 건 무엇인가 중요한 것이 숨어 있다는 뜻이니까요. 넝쿨과 바위 앞에서 제가 한 고생을 제대로 전달하는 건 불가능할 것입니다. 이렇게만 말하겠습니다. 넝쿨을 잡고 바위를 넘었다고요. 간신히 바위를 넘은 후 숨을 헉헉거리며 고개를 든 순간 갑자기 물소리가 들렸습니다. 폭포였어요. 열 길이 넘는 폭포. 신기한 일이지요? 넝쿨을 잡고 바위를 넘기 전엔 졸졸 물소리밖에는 안 들렸으니까요. 폭포를 지나서 가니 확 트인 공간이 나타났습니다. 사방 200보가 넘는 평평한 들판이 내 눈앞에 보였습니다. 복숭아나무와 대나무가 가득한 들판은 내가 꿈에서 본 곳과 똑같았습니다. 믿기지 않으시겠지만 꿈에서 본 무릉도원을 실제로 발견한 것이지요.

복숭아꽃이 피었던가요?

그건 아니더군요. 겨울이니까요. 꽃이 피지도 않았는데 꽃잎이 물을 따라 내려왔으니 더 신비롭지요?

나는 고개를 끄덕였다. 왠지 믿음이 가는 이야기는 아니었으나 이용이 다른 사람도 아닌 내게 거짓말할 이유는 하나도 없었다. 나는 이곳의 정치판과는 하등의 관계도 없는 사람이니까. 나는 그의 손님, 즉 그에게 손해되는 행동을 할 이유가 전혀 없는 사람이니까. 꿈에서 곧장 현실로 온 귀인이니까. 그래서 물었다.

축하드립니다. 무릉도원을 찾으셨으니 이제 어떻게 할 생각이십
니까?

그곳에서 남은 생을 보낼 계획입니다.

네?

복숭아나무와 대나무 숲 아래에 조그마한 집을 짓고 살 생각이라
고 말씀드렸습니다. 앞으로는 대궐에도 일절 출입하지 않을 것입니
다. 집현전 학사들과도 다시는 만나지 않을 것입니다. 그곳에 틀어
박혀 나오지 않을 것입니다. 은자처럼 오직 그 집에서만 생활할 것
입니다. 이름도 벌써 정했습니다. 무계정사. 어떠신지요?

좋습니다. 무게감도 느껴지고요.

이용은 잠깐 생각하다 웃음을 터뜨렸다.

허허, 재미있는 대답이로군요. 무릉도원의 계곡이란 뜻입니다.

넵.

딴 생각을 하느라 평소 스타일의 말이 연속으로 나와 버렸다. 다
행히 이용은 내 썰렁한 농담을 진심으로 받아 주었고 튀는 대답에
도 눈살을 찌푸리지 않았다. 이용의 태도에 자신감을 얻은 나는 머
릿속 생각을 털어놓았다.

거 뭐냐, 은거하시는 거로군요.

그렇습니다.

전략이 있는 거죠?

네?

내가 먼저 은거할 테니 수양대군 형도 딴생각하지 말고 나를 따라서 해라, 안 그러면 재미없다, 가만히 있지 않을 거다, 뭐 그런 거죠?

내 경박한 해석에(페이가 있었다면 반달곰 주먹으로 내 입부터 틀어막았겠지.) 잠깐 눈이 커졌던 이용은 허허 웃음으로 응수했다. 그러곤 물었다.

이 방의 이름이 뭔지 아십니까?

모릅니다.

비해당입니다. 뜻은?

모릅니다.

게으름을 피우지 말라는 뜻입니다. 온 힘을 다해 임금님 한 사람만 섬기라는 뜻, 밤낮으로 백성들을 위한 노력을 게을리 하지 말라는 뜻입니다. 선왕께서 직접 지어 주신 이름이지요. 그래서 이 방엔 물건이 없습니다. 사물에 현혹되지 않고 오직 임금님과 백성과 이 나라만 생각하기 위한 공간입니다. 나는 열흘에 사나흘은 이 방에서 생활합니다.

그랬군, 그랬어, 어쩐지, 하고 고개를 끄덕이는데 또 다른 질문이 날아왔다.

수양대군의 수양이 어디에서 온 이름인 줄 아십니까?

모릅니다.

백이와 숙제는요?

모릅니다.

허허, 참으로 겸손하십니다. 제 입으로 다 털어놓도록 하시는군요.

넵.

옛날 은나라의 제후국이었던 고죽국에 백이와 숙제라는 이름의

왕자가 있었습니다. 아버지가 돌아가시자 그들은 왕권을 또 다른 형

제에게 넘긴 뒤 은나라의 또 다른 제후국 주나라 땅에 들어가 살았

습니다. 그런데 일이 터졌습니다. 주 무왕이 은나라를 토벌하겠다고

선언한 것이지요. 백이와 숙제는 무왕의 수레를 붙잡고 외쳤습니다.

신하가 임금을 죽이는 건 인의에 위배된다고 말입니다. 무왕은 듣지

않았습니다. 백이와 숙제를 물리치고 수레를 몰고 나아가 결국 은나

라를 멸망시켰지요. 그 소식을 들은 백이와 숙제는 수양산으로 들어

갔습니다. 주나라의 곡식은 단 한 톨도 먹지 않겠다고 결심하고는

고사리를 캐 먹었습니다. 고사리도 주나라에서 나는 것 아냐, 하는

어느 간섭꾼의 비아냥거림을 듣고는 아예 굶었습니다. 그래서 죽었

습니다. 수양은 바로 그 수양산에서 따온 이름입니다. 역시 선왕께

서 직접 지어 주셨지요.

그렇군요. 그러니까…….

그러니까 수양의 이름에는 양보와 인의와 은거가 다 들어 있다는 이야기입니다. 따로 뭘 할 필요가 없다는 뜻입니다. 이름을 그대로 따르기만 하면 되는 것이지요.

아이러니한 이름이네요.

네?

아이러니요, 역설적이라는 뜻이지요. 뭐랄까, 수양대군의 야심을 생각하면요.

역설이라…… 무슨 의미인지 잘 모르겠습니다. 하여간 나는 형을 믿습니다. 어릴 적 우리 둘은 참으로 잘 통하는 사이였거든요. 같은 꿈도 꾸었고요. 어른이 된 지금은 그때만큼 자주 만나지는 못합니다만 가끔 만나 이야기를 나눠 보면 형의 마음은 그때나 지금이나 똑같다는 걸 알 수 있습니다. 우리 둘은 이 나라를 정말로 사랑하니까요. 그런 의미에선 형도 비해당입니다. 임금님과 나라와 백성을 생각하는 데 온 힘을 다 바치고 있으니까요.

저 아름답고 낙관적인 믿음에 대고 정신 똑바로 차리세요, 그러다 죽어요, 모가지 댕강이란 말이에요, 이 양반아, 하고 말할 수는 없었다. 아니, 그래서는 안 될 것 같았다고 말하는 게 옳겠다. 그건 결국 이용과 수양의 문제니까. 하지만 역사 속의 일이 실제로 일어난다면…… 그때까지 내가 머물고 있다면…… 문득 겁이 났다. 머릿속 페이에게 물었다. 내 존재가 이미 일어났던 그들의 역사를 바꿀 수 있을까? 페이가 웃으며 대답했다. 그럴 수도 있고 아닐 수도 있지. 반반. 너는 너의 일만 하면 돼.

페이의 말은 언제나 옳았다. 수양대군에 대해서는 이용이 묻지 않는 이상 더 이야기하지 않기로 마음먹었다. 내 할머니가 그랬듯 어느 쪽 편도 들지 않기로 결정한 것. 페이 식으로 말하면 반반. 나의 일만 하는 것. 내게 주어진 길만 걷는 것. 그저 빙긋 웃는 것. 그게 이 공간에서 내가 할 수 있는 최선일 테니.

이용은 허허 웃더니 화제를 바꾸었다.

내일은 운영을 만날 생각입니다. 미뤄 두었던 이야기를 해야 할 때가 된 것 같습니다.

심각하게 흐르던 이야기는 다시 운영에게로 돌아왔다. 그럼 그렇지. 그 이름이 왜 안 나오나 했어. 무릉도원을 찾으러 개고생을 하고 다니면서도 머릿속으로는 계속 운영을 생각했겠지. 운영, 운영, 운영! 나는 이용을 흉내 내 허허 폼 잡고 웃으며 대답했다.

네, 물론 그러셔야 하겠지요. 그래서는 안 될 이유가 도대체 뭐가 있겠습니까?

내 말을 듣고 또다시 허허 웃는 이용.

119

내 속도 모르고. 자기를 비꼬는 줄도 모르고. 한심한 인간. 미워할
수 없는 인간.

28

페이가 말했다. 하마터면 우린 남매가 될 뻔했다고.

한 달 차이인데 남매는 무슨.

하루는 24시간. 한 달이면 720시간. 또는 744시간.

겁나게 크네.

내가 누나란 건 알지?

정신 차려. 남매가 아니라 둘 중 하나는 아예 존재하지 않았겠지.

그렇게 말하니까 겁나게 끔찍하다.

가정인데 뭘.

어쩌면 둘 다 존재하지 않았을 수도 있어. 유전자 조합 자체가 달
라졌을 테니까.

그만하자.

재미있지 않니?

그만.

짜증 섞인 내 대답에 페이는 뭐가 그리 좋은지 낄낄 소리를 내며
웃었다.

여자애가 웃음소리가 그게 뭐냐?

웃음소리에도 성별이 따로 있니?

그래도.

넌 어리석은 성차별주의자야.

그러고는 또 낄낄. 사실대로 말하면 낄낄 웃는 모습도 전혀 나쁘
지 않았다. 나쁘기는커녕…… 나는 고개를 숙이고 시인의 책과 오
규원 시집을 손가락으로 젓가락 행진곡 연주하듯 세게 두드렸다. 페
이가 시인의 책을 확 낚아챘다. 그 바람에 젓가락 한쪽은 뚝 부러졌
고. 페이가 책을 펼치면서 하는 말.

그런데 왜 아줌마는 우리 아빠를 걷어찼을까?

걷어찬 걸까? 다른 가능성은?

그건 확실해.

엄마의 말이 걸렸다. 페이에게 고백하라는 말이 아니라 후회하지
말라던 말. 하지만 나는 다른 말을 했다.

음, 남녀 관계가 다 그렇지 뭐.

이번엔 남녀 관계 전문가니?

그냥 그렇다는 거야. 만나면 헤어지고, 헤어지면 만나고…….

121

회자정리 거자필반이다?

뭐라고?

〈님의 침묵〉 몰라? 한용운?

들어는 봤어. 님이 침묵하면 무섭다는 거잖아.

페이가 어처구니없어하는 표정을 지었다. 나는 모른 척 오규원 시집 뒤표지의 문구를 소리 내어 읽었다. 가장 일상적인 여자가 여자스럽기는 하지만 결코 가장 여자다운 여자가 아니듯이…….

우리도 해 볼까?

뭘?

페이가 눈을 크게 뜨고 나를 보았다. 하긴, 내가 생각해도 내 목소리는 좀 이상했다. 별일도 아닌데 긴장하네. 촌스럽긴. 목청 가다듬고 퇴계 이황처럼 점잖게 다시 물었다.

뭘?

페이는 대답 대신 시인의 책을 펼쳐서 내 앞에 놓았다. 자화상이란 제목을 단 시의 위쪽 빈 공간에 형광색 포스트잇이 붙어 있었다. 그 안엔 짧은 문장들이 적혀 있었고.

두 줄기의 햇빛
두 갈래의 시간[4] —페이

122

페이?

내가 지은 이름이야. 앞으론 날 페이라고 불러 줘.

웬 페이? 고향이 중국이었냐? 엥? 너 조선족이야?

그럴 수도.

정말?

엄마가 패였으니까 난 페이.

뭔 소린지.

아줌마가 왜 경이었는지 알아?

흐름을 따라가지 못하고 눈만 깜빡깜빡하는 내게 페이는 시인의 책의 다른 쪽을 펼쳤다. 별 헤는 밤이 나타났다. 페이는 손가락을 대고 읽었다.

패, 경, 옥 이런 이국소녀들의 이름.

아하. 이게 바로…….

패와 경의 비밀이지.

우와.

알고 보니 유치하지?

사랑이 원래 그렇지 뭐.

바쁘네, 바빠. 이번엔 회의주의자 나섰네.

123

난 회의 같은 거 좋아하지 않아.

정말 그렇게 나올래?

뭐 그냥 그렇다는 거지.

엄마들, 귀엽지 않아? 여고생들처럼?

그건 좀.

페이는 포스트잇 붙은 쪽을 다시 펼치더니 비밀 지침을 하달했다.

다음 주는 네 순서야. 포스트잇을 써도 되고 그냥 책에 써도 돼. 내용은 네 맘대로. 너무 길지는 않게.

그래도 될까?

안 될 게 뭐 있니?

시인의 책 주고받기가 처음 시작된 날이었다. 페이라는, 지구에서 가장 아름답고 반짝이는 이름이 탄생한 날이기도 했고.

29

페이의 목록 중에서

태양

오른쪽

레몬 향기[5]

야광처럼 빛나던 코끼리와

낙타의 더딘 행진과

시간의 빠른 진행[6]

슬픔

물에 불은 나무토막, 그 위로 또 비가 내린다[7]

야구장을 소유한 사람을 나는 선생님이라고 부른다

그 선생님은 내게 영어를 가르치지 않았다[8]

우리는 너무 많은 산책을 했네

그날 큰 눈이 내렸네[9]

내 목록 중에서

봄에 부는 바람, 바람 부는 봄,

작은 가지 흔들리는 부는 봄바람,[10]

전등은 반짝입니다.

전등은 그무립니다.[11]

꿈? 영의 해적임. 설움의 고향.

울자, 내 사랑, 꽃 지고 저무는 봄.[12]

산에는 꽃 피네

꽃이 피네

갈 봄 여름 없이

꽃이 피네[13]

30

운영의 목록 중에서

멀리서 피어오르는

가느다란 푸른 연기

깁 짜던 여인

한숨을 쉰다.

포도나무

푸른 잎

여름 해

맑은 하늘

찬 그림자

가슴속 원망,

끝이 없는.

하소연,

하늘에나.

김 진사의 목록 중에서

환한 뜰에 소나무 그림자

술잔엔 국화 향기

나무 그늘

구름 그림자

떨어진 꽃

흐르는 눈물

꿈속의 나비 한 마리

궁에 꽃 지고 제비 난다

봄빛은 옛날 그대로

주인은

없네.

31

이용은 열쇠를 들어 우리에게 보였다. 흥미로운 마술이라도 선보
일 것처럼. 마술은 없었다. 열쇠를 손에서 놓았을 뿐. 열쇠는 마룻바
닥에 머리부터 툭 떨어졌다. 비명을 지르지도 않았다. 팔다리를 꿈

틀거리지도 않았다. 뱀에게 존재를 들킨 지네처럼 바닥에 자기 몸을 딱 붙이고 위기를 넘기려 할 뿐. 시선 끌기에 성공한 이용은 검지를 쭉 내밀었다. 검지가 향한 곳엔 운영이 있었다.

설명해 보아라.

제가 하겠습니다.

안 그래도 예민한 고딩 애들한테 무시무시한 심리적 압박이라니, 차라리 채찍이나 곤장을 쓰는 게 더 나을 것 같았다. 변학도보다 못한 인간 같으니라고. 보다 못한 내가 일어섰다. 이용이 고개를 저었다.

아직은 아닙니다.

열쇠는 저한테 맡기신 물건입니다. 저와 관련된 일이니 제가 먼저…….

아닙니다.

이용의 목소리에 분노가 담겨 있었다면 그의 말을 듣지 않았을 것이다. 목소리는 뜻밖에도 평온했다. 아무 일도 없는 사람처럼. 아무것도 모르는 사람처럼. 성군 중의 성군 대접을 받는 세종의 목소리가 저랬을까? 자기밖에 모르는 신하들 때문에 열불이 터지는 순간에도 완벽하게 자신을 단속했을까? 목소리 뒤의 또 다른 목소리가 나더러 가만히 있으라고 속삭였다 지금은 경기를 관람할 시간이라고. 우선은 선수들을 지켜보라고. 그 속삭임을 믿어 보기로 했다. 이용에게 고개를 살짝 끄덕이곤 다시 자리에 앉았다. 운영이 입을 열었다.

평생을 같이하고픈 분이 생겼습니다.

내가 아는 사람이냐?

김 진사입니다.

김 진사라⋯⋯ 궁 밖의 남자로군. 혹시 내 원칙에 어긋나는 건 아니더냐?

그렇습니다. 궁 밖으로 한 발짝만 나가도 모가지 댕강, 남자에게 존재가 알려져도 모가지 댕강이라 하셨으니 두 번째 원칙에 어긋납니다. 다행인지 불행인지 첫 번째는 해당 사항이 없어요. 남자가 자기 발로 걸어서 궁 안으로 들어온 거니까요.

잘못 들었나 싶었다. 모가지 댕강, 이라니 이용 앞에서 쓸 법한 표현은 아니었다. 운영은 눈 하나 깜짝 않고 댕강, 또 댕강을 말했다. 게다가 그 따지는 식의 말투는 또 무엇인가? 결정적인 순간에 페이를 닮은 모습이 튀어나온 것이다. 죽는 게 두렵지도 않나? 이거야 원, 살이 떨려서 관람도 쉽지 않네. 겁이 덜컥 나서 이용의 눈치를 살폈다. 이용 또한 사람이었다. 남자였다. 대군으로 살아온 터라 다른 이보다 감정 조절에 능숙하다고는 해도 상황이 상황이니만큼 여태 참았던 감정이 일거에 폭발할 수도 있었다. 그때 자란이 살짝 손을 들었다. 이용이 보지 않자 손을 좌우로 크게 흔들었다. 쟨 또 왜 저러는 걸까? 아, 계집애들이란 정말……. 장님이 아니고서야 그 움직임을 느끼지 못할 리는 없었다. 이용이 물었다.

왜 그러느냐?

원칙 이야기가 나왔으니 드릴 말씀이 있습니다.

이용은 묵묵히 고개를 끄덕였다.

김 진사처럼 빼어난 인물을 붉은 문 안쪽 내당으로 들인 건 대군이십니다. 운영에게 벼루 시중을 들라 하신 것도 대군이시고요.

그래서?

대군께서 먼저 원칙을 깨셨다는 겁니다.

역시 자란이었다. 자란은 목소리도 높이지 않고 조곤조곤하게 이용의 말을 반박했다. 논리 점수 백점인 발언이었다. 흥분하지 않는 태도도 흠 잡을 데 없이 좋았고. 그러나 상대는 이용. 운영과 자란의 주인. 정황상 그다지 기분이 좋을 리는 없는 상태. 과연 이용은 공정한 심사위원이 되어 소속 궁녀의 논리 점수와 태도 점수를 흔쾌히 인정해 줄까?

사실과 좀 다른 부분이 있다는 건 지적해야겠군. 김 진사를 내당으로 들인 건 내가 맞으나 벼루 시중 들라고 한 건 내가 아닐세. 너

131

희들이 알아서 역할을 나눈 것뿐. 내 말이 그른가?

네, 그건 저의 착각이었네요. 인정하겠습니다. 이왕 발언권을 얻은 김에 조금 더 사용해도 될까요?

이용은 이번에도 묵묵히 고개만 끄덕였다.

저와 운영은 열네 살 때 궁에 들어왔습니다. 운영은 4년, 저는 5년이 되었지요. 다른 애들도 비슷해요. 1년 반이 가장 큰 차이이고요, 나머지는 그저 한두 달 차이만 날 뿐이지요. 그래서 우린 위아래 구분하지 않고 다들 친구로 지내요. 그 편이 편하니까요. 아무튼 우리는 궁에서 참 많은 것들을 배웠습니다. 무식한 여자애들에서 유식한 궁녀들로 탈바꿈했습니다. 철없던 소녀들이 이제는 어엿한 여인들이 되었습니다. 애벌레가 나비가 된 격이라고나 할까요? 모두 다 대군의 은혜 덕분이지요. 이 점에 대해서는 정말로 감사드립니다. 그런데 대군의 도움 없이 저절로 배운 것도 있답니다. 아니 약간의 도움이 있었다고 말하는 게 옳겠네요. 설립자이시니까. 혹시 그게 뭔지 아시겠습니까?

이용은 고개를 저었다. 그 순간 나도 함께 고개를 저었다는 건 밝혀야겠다. 자란의 말은 관람객을 몰입하게 만드는 힘을 지니고 있었다.

세상과 우리 사이에 존재하는 건 대군께서 세우고 박으신 높은 담과 단단한 철문뿐이라는 사실입니다. 고작 담과 철문 때문에 우리는 누구나 누릴 것을 누리지 못하고 산다는 겁니다. 사실상 감옥 안에 갇힌 신세인 것이지요. 죄수가 할 수 있는 일이 뭐가 있겠습니까? 꽃을 보고 눈물을 삼키며, 달을 보고 펑펑 우는 일뿐이지요. 대군께선 지금 운영을 탓하고 계십니다. 그런데 우리 중에 담을 뛰어넘고 철문을 부술 생각을 한 번도 해 보지 않은 사람이 과연 있을까요? 그러니까 운영과 우린 똑같습니다. 일종의 운명 공동체라고나 할까요? 차이가 있다면 운영은 그 생각을 행동으로 옮겼고 우린 그저 머릿속에 담아만 둔 것뿐이지요. 그리고 꼭 아셔야 할 사실 하나, 운영을 부추긴 것은 저입니다. 그러니 죄가 있다면 제게 있지 운영에겐 없습니다. 긴 이야기 들어 주셔서 감사합니다. 이제 저를 죽이세요. 운영의 목숨은 건드리지 마시고요.

와우, 자란은 투사 같았다. 관람객을 박수 치고 환호하게 만드는 기술자 중의 기술자. 로마 시대였다면 인기 최고였을 것이다. 그러나 나는 상황이 상황임을 감안해 속으로만 박수를 쳤다. 이용이 해명 발언을 하려고 목청을 가다듬는데 운영이 손을 들었다. 공평무사한(또는 그렇게 보이고 싶은) 이용은 자신의 기회를 운영에게 양보했다.

자란의 말은 듣지도 마세요. 왜 남의 죄를 자기가 지려는지 모르

133

겠어요. 별것을 다 훔쳐 가려고 하네요. 대군의 원칙을 배반한 건 저입니다. 그걸 잊지 마세요. 자란이 아닌 제가 김 진사와 도망을 가려한 거라고요. 그 죄도 큰데 일을 도모하는 과정에서 자란까지 끌어들였으니 용서받을 수 없는 건 당연합니다. 저를 아끼신다면 부디마지막 기회를 베풀어 주세요. 제 손으로 제 목숨을 끝낼 수 있게요.

운영의 발언이 끝났다. 내당에 고요가 찾아왔다. 그러나 내 마음은 여전히 쿵쾅거렸다. 마치 한바탕 폭풍우가 몰아쳤다 빠져나간 기분이었다. 혀로 피 튀기는 법정 드라마를 본 기분이었다. 이제 남은건 판사, 아니 이용의 결정뿐. 과연 이용은 모두를 만족시키는 판결을 내릴 수 있을까? 그런데 갑자기 궁녀들의 거처 공간으로 이어진안쪽 문밖에서 똑똑 소리가 났다. 할멈은 문을 열기 전 우리를 보며빙긋 웃었다. 흥미로운 일이라도 소개하려는 사회자처럼. 문이 열리자 여덟 명의 궁녀가 들어와 엎드렸다. 궁녀들은 입이라도 맞춘 듯똑같은 문장을 반복해서 내뱉었다.

우리 목숨을 끊고 운영을 살려 주세요.

우리 목숨을 끊고 운영을 살려 주세요.

우리 목숨을 끊고 운영을 살려 주세요.

배심원의 코러스를 중단시킨 건 이용이었다. 이용이 오른손을 들자 소리가 멈추었다. 침묵. 손바닥에 땀이 나는 침묵. 잘못 건드렸다간 금방이라도 빵 터질 것 같은 불안한 침묵. 모두의 시선이 이용에게 쏠렸다. 이용은 긴장한 듯 으흐흠 다시 한 번 목을 풀었다. 그러곤 하는 말.

내가 너희들을 제대로 된 인간으로 키우기는 했구나. 너희들도 그 힘든 과정을 잘 따라 주었고. 그런데 왜들 이렇게 죽여 달라고 앞다퉈 부탁들을 하는지 그 이유만큼은 짐작이 가질 않는구나. 죽지 못해 안달복달한 사람들처럼. 목숨이 수십 개 있는 사람들처럼. 내가 무슨 잔인한 살인마라도 되는 것처럼. 때가 되면 부르려고 했던 다른 궁녀들도 다 모였으니 원래 내가 하려고 마음먹었던 말을 이제 꺼내도 되겠구나. 두 가지 말을 할 것인데 첫 번째는 한 사람에게만 해당되고, 두 번째는 한 사람을 제외한 모두에게 해당이 된다. 한 사람에게만 해당되는 말을 모두가 듣는 앞에서 하는 건 그러는 게 좋다고 여겼기 때문이니라. 내 말을 들은 후 보일 한 사람의 반응이 다른 이들에게, 그러니까 두 번째 하려던 말에 영향을 미칠 수도 있다고 여겼기 때문이다. 아니 어쩌면 첫 번째니 두 번째니 하는 말은 의미가 없는지도 모르겠다. 둘은 마구 섞일 수도 있으니. 음양처럼, 태극처럼 결국은 하나일 수도 있으니

32
~~~~

사랑은 뱀과 함께
독은 어린 꽃과 함께. [14]

33
~~~~

포스트잇을 쌓으니 낮은 산이 되었다. 그럴 리 없다고? 그럴 수 있
다. 비유적인 의미에서. 시인의 책에 붙어 있던 무지개 빛깔 포스트
잇을 빠짐없이 다 떼어 낸 페이는 수거한 것들을 잠깐 노려본 후 가
방에 넣었다. 나는 페이에게 정중하게 부탁했다. 시인의 책을 마지
막으로 한 번만 더 보고 싶다고. 페이는 눈을 내리깐 채 책을 건넸다.
포스트잇이 사라진 시인의 책은 가볍고 허전했다. 전혀 다른 책처럼
느껴졌다. 책을 넘겨서 숨어 있던 오래된 메모지를 꺼내 들었다. 앞
장에 그립다고 써 보니 차라리 말을 말자 그저 긴 세월이 지났노라
고만 쓰자, 라는 시가 적힌 30년 가까운 은거 경력을 자랑하는 메모
지. 나는 메모지를 뒤집으며 물었다.
　너 이게 무슨 뜻인지 알아?

페이는 아무 말도 하지 않았다. 기다려도 대답이 없기에 하는 수 없이 내가 소리 내어 읽었다.

이건 아니지. 너무 달콤하기만 해.

하고 싶은 말이 뭐야?

냉랭하나 가시 돋친 목소리. 이젠 저 목소리도 그리워지겠지. 듣고 싶어 눈물이 날 만큼.

우린 이 말의 뜻을 제대로 해석하지 않고 그냥 넘어갔어. 당사자가 아닌 이상 정확히 알 수 없는 문장들이었으니까. 그렇다고 당사자에게 물어볼 수도 없는 일이었으니까. 며칠 동안 메모지의 시와 글을 보며 고민하다가 결론 하나를 얻었어. 물론 내 해석 능력을 감안하면 맞다고 확신은 할 수 없지만.

간단히 말해. 쓸데없는 자기비하는 빼고.

편지라는 제목의 시는 1980년대만 해도 시인의 작품으로 여겨졌어. 시인의 책에는 수록되지 않았지만 말이야. 아저씨가 이 시를 메모지에 적어 책갈피에 꽂은 건 그래서일 거야. 시인의 책에 들어가야 마땅한 작품이라고 판단했으니까.

그래서?

그런데 연구자들에 따르면 〈편지〉는 시인의 작품이 아니래. 절대. 시인의 작품으로 보기엔 너무 달콤하기만 하대. 이제 알겠어?

그러니까 너무 달콤하다는 건 사랑의 언어가 아니라 비평이라는 뜻이야? 아줌마는 그 시가 시인의 작품이 아니라는 걸 알고 그렇게 적었다는 거야? 아줌마는 유식했고 우리 아빠는 무식했다는 거야? 우리 아빠가 국문과 교수라는 걸 알면서도 그런 말이 나와?

1980년대 초엔 잘 알려지지 않았던 사실이라니까. 아저씨가 처음부터 교수였던 건 아니었으니까. 아니면…….

아니면?

관계에 대한 은유일 수도 있겠지. 어느 지점에선가 둘의 생각이 달랐다는 뜻이니까. 달콤함에 대한 견해가 달랐다는 뜻이니까.

하고 싶은 이야기가 뭐야?

어쩌면 우리 관계에 대한 은유일 수도 있겠지. 관계란 게 늘 달콤하긴…….

페이는 시인의 책을 채 가며 존재를 들킨 도둑고양이처럼 낮은 목소리로 크르렁거렸다.

지랄. 은유 같은 소리 하고 있네. 그게 은유냐, 직설이지. 일방적인 비난이지. 이 머저리 바보 새끼야.

페이는 획 돌아서서 떠나 버렸다. 뒷모습이 조금씩 멀어지다 사라졌다. 남은 건 페이의 향이 남아 있는 공기뿐. 이마저도 곧 사라지겠지. 찰랑대는 단발머리와 반짝이는 주근깨가 벌써 그리워졌다. 짓궂은 언어들도. 횡단보도도, 롯데마트도, 웃음도. 이젠 다 끝난 일. 돌이킬 수 없는. 후회해도 소용없는. 머저리 같은. 바보 같은. 미친놈처럼 허허 웃곤 허공에 손을 뻗었다. 그러곤 땡추처럼 엉터리 염불을 외웠다.

시점이 종점이 되는구나. 나무아미타불!

34

이용은 꿈 이야기부터 시작했어.

꿈?

그래, 꿈. 알고 보니 이용은 몽상가 중의 몽상가였어. 어린 시절부터 그랬대.

예를 들면?

다섯 살 때의 이야기. 어느 날 나이 한 살 더 먹은 형 수양이 사라져 온통 난리가 났대. 그런데 자다 일어난 이용이 눈 비비더니 이렇게 말하더래. 형은 숭문당 다락에 있어요. 궁녀들이 어떻게 알았느냐고 물었더니 이렇게 답했대. 꿈에서 봤어요.

찾았대?

찾았지. 그런데 숭문당 다락이 아닌 입구에서.

그게 뭐야? 엉터리였네. 찍어 맞춘 거였네.

아니야, 그렇지 않아.

그럼?

수양이 궁녀들에게 입 쭉 내밀고 이렇게 말하더래. 다락에서 놀다 잠이 들었는데 꿈에 이용이 나왔대. 형, 들켰어, 이렇게 말하더래. 그래서 터덜터덜 밖으로 걸어 나왔다는 이야기.

짱이네.

그다음엔 열두 살 때 이야기. 혼례 상대가 결정되기도 전에 부인의 얼굴을 그렸대. 첫날밤에 부인한테 보여 줬더니 부인이 까무러쳤대. 멀리선 보이지도 않는 자그마한 점 두 개가 왼쪽 눈 밑에 찍힌 것까지 똑같아서.

우와, 몽상가가 맞기는 하네. 또 있어?

하나 더 있지. 제일 중요한 게 1부, 2부 시리즈로.

꿈을 시리즈로 꿔?

그랬대.

정말 몽상가 맞네.

특별히 여자를 밝히지도 않는 이용이 왜 궁녀를 열 명씩이나 뽑았는지 알아?

가만. 알 것 같아. 시리즈 꿈에서 봤겠지.

맞아, 시리즈 중 첫 번째 꿈에서 봤대. 기린 열 마리가 이용 앞에 다가와 인사를 하며 문서 한 장씩을 바치더래. 자기들의 이름과 사는 곳이 적혀 있는 문서를.

걔네들은 문자 그대로 기린아들이었구나.

기린 딸들이지.

너 정말.

왜?

넘어가자. 그래서?

꿈에서 날 봤다는 건 이미 얘기했지?

그래, 하필 너라는 게 도무지 믿기지는 않지만. 그게 더 꿈같은 이야기지만.

무릉도원 찾아 떠나기 전날에 시리즈 두 번째 꿈을 꿨대. 기린 열 마리가 다시 한 번 자기 앞에 나타났다는 거야. 그중 한 마리는 꽃잎 여덟 개 달린 연꽃 받침 위에 서 있었고.

도상학으로 보면 그건 부처님인데?

웬 도장?

도상학!

아무튼 부처가 아닌 건 확실하지 않겠니?

운영이겠네. 할멈이 운영더러 한 떨기 연꽃 같다고 했으니까.

오호 기억력 좋은데. 서울대 도장 다니는 애들은 역시 달라.

집중하자, 응?

이제 이용이 애들 모아 놓고 하려던 말이 뭐였는지 짐작이 가지?
둘 모두는 아니어도 한 가지는, 아니 둘 같은 그 하나가 뭔지 짐작이
가지?

운영이 날 닮았다고 했지?

그랬지. 이유는 도무지 모르겠지만.

어쩌면 운영은 나였을지 몰라.

웬 공중 비약?

왕자님이랑 결혼하는 게 내 꿈이었거든. 아무래도 난 시대를 잘못
골랐나 봐.

꿈 깨라. 운영은…….

운영은 뭐?

그 꿈엔 반전이 있었지.

무슨 반전?

매사 그렇듯이. 우리 사이가 그랬듯이. 앞으로도 그럴 수 있듯이.
길은 끊어질 듯 다시 이어지듯이.

35

어느 날 난 페이에게 나 말고 다른 친구가 하나도 없다는 사실을 깨달았다.

기쁘고 슬펐다.

나도 그랬으니까.

내겐 페이뿐이었으니까.

대학이 모든 걸 바꿔 놓았다.

36

시간을 살짝 앞으로 돌리자. 시인의 책을 매개로 포스트잇과 메모를 주고받던 때로.

재수생인 나와 대학생인 페이는 한두 달에 한 번씩 짧은 여행을 갔다. 긴 산책이라는 표현이 더 어울릴지도 모르겠다. 멀리 가야 서울 근교, 소요 시간이라야 서너 시간 안팎이었으니까. 이동 수단은 버스, 지하철 아니면 도보. 산책이건 여행이건 중요한 건 페이와 함께였다는 사실뿐일 테고. 나는 그 만남들을 페이의 포스트잇과 함께 기억한다.

3월 초순, 서울엔 큰 눈이 내렸다. 근교의 왕릉 여행을 계획했던 우리는 그냥 남산을 걷기로 했다. 사람 없는 순환도로를 걸으며 페이는 갓 입학한 대학에 대한 기대를 털어놓았다. 그러곤 나를 보며 재수하기로 결정한 건 잘한 일이라고 했다. 내가 어깨를 으쓱하자 페이는 넌, 언어에 재능이 있으니까, 라고 덧붙였다. 한 번도 생각해보지 않은 일이었다. 페이가 그렇다면 그런 거겠지. 페이는 나에 대해 나보다도 더 잘 아는 사람이니까. 나는 아무 말도 하지 않았다. 쌓인 눈만 밟고 또 밟았다. 남산타워엔 왜 올라갔는지 모르겠다. 아무것도 안 보일 것을 뻔히 알면서. 페이는 눈으로 가득한 바깥 풍경을 보며 심사정의 〈고성삼일포〉라는 그림이 생각난다고 했다. 누군지 모르니 어떤 그림인지 모르니 가만히 있는 게 상책. 그림에 좀이 슬었는데 그게 꼭 눈이 내리는 것처럼 보인다는 설명이 이어졌다. 좀이 슬었는데 눈처럼 보인다? 그런 예술적인 좀이 있다고? 믿기지 않았다. 페이와 헤어지고 한 달 정도 지났을 무렵 인터넷 검색을 통해 그 그림을 찾아보았다. 페이의 말은 사실이었다. 좀이 눈처럼 보였다. 좀이 그림 속에서 흰 눈이 되어 내렸다. 뭘 좀 아는 좀이었던 셈이다. 좀스럽지 않긴. 이것이 바로 큰 눈 내리던 날의 산책.

　4월 하순, 공원엔 떨어지고 남은 벚꽃이 고요히 흩날렸다. 좋은 점도 있었고 나쁜 점도 있었다. 일주일 전이었다면 벚꽃은 절정이었겠지. 대신 북적이는 사람들 때문에 편안히 걷기도 힘들었겠지. 일주일을 미룬 건 페이의 요청 때문이었다. 갑작스럽게 1박 2일짜리 답사가 잡혔어. 당연히 수락. 미술관과 동물원이 함께 있는 공원에 가자고 한 건 페이였으니까. 페이와 함께라면 아무 때건 상관없으니까. 우리는 미술관을 보고 동물원으로 갔다. 페이 혼자였다면 미술관 관람에 90퍼센트의 시간을 썼을 것이다. 페이는 평소보다 빠르게, 50퍼센트 안쪽이 되기에 충분한 시간에 관람을 마쳤다. 그림이 별로네, 하고 말하면서. 물론 그건 페이의 배려였다. 그림을 그다지 좋아하지 않는 나를 위한. 그래서 나는 동물원에서 되도록 빨리 걸으려 애를 썼다. 비율을 조금이라도 낮추기 위해. 하지만 페이의 걸음은 더뎠다. 코끼리와 낙타와 사자와 호랑이를 정밀 관찰했다. 가자, 해도 가지 않던 페이가 하는 말.

　너도 시를 써 보는 건 어때? 시인, 멋있잖아.

　그래서 나는 즉석에서 시를 썼다. 코끼리 똥은 푸짐도 하네, 냄새도 좋네. 그래서 코끼리 코는 똥처럼 길지. 페이가 반달곰 주먹을 날

렸지만 그건 충분히 예상했던 일. 내가 안 피하는 척하다 갑자기 피한 바람에 페이는 앞으로 넘어질 뻔했고. 페이가 다칠까 봐 놀란 나는 두 손으로 페이의 허리를 붙잡았다. 놔. 놓자마자 페이는 내 머리를 때렸다. 맞은 건 머리인데 쿵쿵쿵쿵 가슴이 빠르게 뛰었다. 이것이 바로 코끼리와 낙타와 너무 빨리 흘렀던 시간.

6월 하순, 초여름치고는 이상고온의 날이 이어졌다. 공항은 시원했다. 쾌적했다. 국제공항이라서 그런 걸까? 다른 나라로 가는 바람의 통로이기 때문에? 신기하고 우울했다. 티를 내지 않으려 애를 썼다. 다 소용없는 일. 내 감정 읽기의 귀신인 페이를 속일 수는 없었다.

그러니까 누가 재수하래?

정곡을 찌른 공격에 괜한 의자만 발로 툭툭 찼다. 그러곤 침묵. 조금 있다가 페이가 하는 말.

레모네이드 맛있지 않니?

내겐 너무 시큼했으나 고개를 끄덕였다. 토 달기 싫어서. 결국 페이가 폭발했다.

이럴 거 왜 왔어? 자꾸 좁쌀처럼 굴래?

그래, 나 좁쌀이다, 하고 대꾸하려다 말았다. 더 까불었다간 좁쌀에서 먼지로 존재감의 수준이 급락할 테니. 좁쌀과 먼지는 차원이 다르니. 레모네이드 한 번 빨고 얼굴 살짝 찡그리며 곧바로 사과했다.

미안해.

변명도 덧붙였다.

레모네이드가 조금 시큼해서 그랬어.

그 말 한마디에 페이의 기분이 풀렸다. 페이는 싸구려 기념품 하나만 사다 줄 거라고 다짐했다. 나는 이왕이면 에펠탑으로 달라고 했다. 중국산은 절대 사절이라는 말도 덧붙였고. 페이가 웃었다. 핸드폰이 울렸다. 페이가 함께 여행 가기로 한 같은 과 친구였다.

인사하고 갈래? 무지 예쁜 앤데.

싫어, 대학에 들어가면 그때.

페이는 좁쌀을 입에 담았을 때의 표정을 지었다. 그러나 마음은 이미 풀려서 좁쌀이란 표현은 더는 쓰지 않았다. 2주 뒤 페이가 돌아왔다. 내 방엔 에펠탑 그룹이 들어섰다. 에펠탑 엽서, 에펠탑 모형, 에펠탑 수건, 에펠탑 머그 컵. 그것들은 에펠탑 가방에 담겨서 왔다. 중국산인지 확인해 보지는 않았다. 이것이 바로 뜨거운 태양과 레몬 향기.

10월 초순, 야구장의 밤공기는 서늘했다. 찬바람이 불었으나 외야석에 우리 말곤 사람이 거의 없는 탓이기도 했다. 페이가 기지개를 켜며 투덜댔다.

8 대 0이라니 정말 한심해. 괜히 꼴찌가 아니었네.

둘 다 사실이라 그냥 고개를 끄덕였으면 좋았을 것을. 괜한 반발심에 쓸데없는 말을 내뱉었다. 야구를 환장하게 좋아하는 것도 아니면서.

그래도 야구는 몰라. 언제든 뒤집힐 수 있다니까.

페이가 발끈했다.

지금 7회 말 투아웃이야. 일곱 번만 더 아웃당하면 경기 끝이라는 뜻이지.

나의 반론이 이어졌다.

야구 경기엔 시간제한이 없어. 때론 아웃 카운트 하나 잡는 데 30분이 더 걸리기도 해. 옛날 요리우리 자이언트는 9회 말 투아웃에서…….

페이가 반달곰 주먹으로 내 가슴을 쳤다. 세게. 때린 페이도 놀라고 맞은 나도 놀랐다. 페이의 주먹엔 적의가 가득했다. 처음 있는 일이었다. 지금껏 우리가 사용한 주먹과 손가락엔 유희 정신만 있었다. 그런데 적의라니. 미안해, 하고 페이가 말했다. 장난인데 뭘, 하고 내가 받아쳤다. 페이가 말했다.

장난은 아냐.

그러는 사이 7회 말이 끝났다. 남은 아웃 카운트는 이제 여섯 개. 페이가 갑자기 화를 냈다.

넌 왜 앞뒤가 맞지 않는 말을 하니?

말이 앞뒤가 꼭 맞아야 하나?

8 대 0을 뒤집을 수 있다고 믿는 애가 도대체 왜 대학을 포기하려고 해?

가 봤자 소용없을 것 같아서.

결과 보고 고민해도 되는 문제 아냐?

그럴 수도 있지.

막상 대학에 가면 생각이 달라질지도 몰라. 마음에 맞는 친구도 있을 수 있고, 공부도 재미있을 수 있고…….

난 네가 아냐.

뭐?

머리도 나쁘고 노력도 안 해.

갑자기 운동장이 술렁거렸다. 우리 쪽으로 공 하나가 날아왔다. 홈런. 얼마 되지도 않는 관중들의 야유. 뒤통수를 긁는 중견수. 8 대 0이 9 대 0으로 바뀌는 순간. 의미라고는 찾아볼 수도 없는. 아, 의미가 있기는 있었다. 야구공을 얻었으니까. 경쟁도 없이 쉽게 얻은 야구공을 노려보다가 페이에게 건넸다. 페이는 야구공을 다시 내게 건넸다. 사인펜과 함께.

사인해서 줘.

내 이름을 썼다. 잠깐 생각하다 페이 이름도 썼다. 그 아래에 날짜도 썼다. 페이는 야구공과 내 머리를 번갈아 보더니 웃음을 터뜨렸다.

야구공이랑 빡빡머리랑 어쩜 이렇게 닮았니.

내가 웃자 페이는 야구공을 쓰다듬으며 말했다.

더 말 안 할게. 네 문제니까 네가 결정하면 돼.

고마워.

그런데 너 머리 영영 안 기를 거야? 계속 빡빡머리만 고수할 거야?

나는 고개만 끄덕였다. 페이는 손바닥으로 내 머리를 만지며 속삭였다.

파마머리도 예뻤는데. 포니테일은 좀 별로였지만.

나는 얌전한 학생이 되어 그 손과 속삭임을 가만히 받아들였고.

이것이 바로 야구장과 선생님.

물에 불은 슬픈 나무토막은 뭐냐고?

그건 차마 쓰지 못하겠다.

나무토막이 너무 한심하고 불쌍해서.

37

이용은 꿈에서 본 무릉도원을 찾았다고 했다. 눈이 그치고 겨울이 끝나고 봄이 오면 그곳에 무계정사를 지을 것이라고 했다. 규모가 크지 않은 소박한 집일 테니 짓는 데 오래 걸리지 않을 것이라고 했다. 공사가 끝나면 자신은 무계정사로 거처를 옮길 것이라고 했다. 복숭아나무와 대나무 숲 돌보는 일을 할 것이라고 했다. 왕실에 큰 변괴가 일어나지 않는 한 무계정사를 떠나지 않을 것이라고 했다. 무계정사에 대한 머릿속 그림으로 서론을 시작한 이용은 드디어 본론, 자신이 하려던 두 가지 말, 두 가지이면서도 실은 한 가지인 말을 시작했다.

내가 몇 년 동안 너희들을 매의 눈으로 꼼꼼히 지켜보았던 건 다들 잘 알 것이다. 감히 고백하자면 난 너희들을 단순한 궁녀로 생각하지 않았다. 나와 함께 시와 글씨와 그림과 음악을 주고받을 동지로 여겼다. 그렇지 않았더라면 너희들에게 그토록 많은 가르침을 베풀지는 않았을 것이다. 너희들에게 입에 쓴 말을 그리 자주 내뱉지도 않았을 것이며, 너희들의 성장을 내 일처럼 기쁘게 받아들이지도 않았을 것이다. 하지만 밝음이 있으면 어두움도 있는 법, 내가 잘못한 점도 있었다. 나도 어쩔 수 없는 남자라 너희들을 차별 없는 태도로 똑같이 대하지는 못했다. 자꾸만 내 눈에 들어오는 한 사람을 외면하지 못했다. 외면하기는커녕 점점 커 가는 마음을 다스리지도 못했다. 다스리기는커녕 그 마음을 오히려 기쁘게 여겼다. 지금까지는 너희 앞에서 그 마음을 숨기려 애를 썼다. 왜냐하면 나는 너희들의 주군이었으니까. 너희 모두를 돌볼 책임을 갖고 있었으니까. 이제 나는 그 역할을 포기하려 한다. 너희들은 오늘부터 자유인이라는 뜻이다.

이용과 할멈을 뺀 모두가 깜짝 놀란 순간이었다. 나조차도 내 귀를 의심했을 정도였으니까. 할멈과 눈이 마주쳤다. 할멈이 빙긋 웃었다. 그 웃음을 보고 깨달았다. 이용은 운영과 자란과 궁녀들의 말에 흔들려 즉흥적인 결정을 내린 게 아니었다. 무릉도원을 찾으러 떠나기 전부터 단단히 마음먹었던 일을 실행에 옮기는 것뿐이었다. 떠나기 전 이용은 내게 조금은 결이 다른 말을 하지 않았었나? 운영을 좋아한다고, 미뤄 두었던 이야기를 꺼내겠다고. 그런데 이용은 모두에게 자유를 주겠다고 선언했다. 모두라는 단어에 다른 뜻이 있지 않은 이상 그 안에는 운영도 포함이 될 터. 이용은 운영을 깨끗이 포기하는 것일까? 그렇지는 않았다. 이용은 운영을 보며 말했다.

나는 운영이 김 진사와 함께 궁을 떠나려 했던 이유를 안다. 그건 바로 담과 철문 때문이었다. 운영은 너희들 중에서 담과 철문을 가장 견디지 못했던 사람이었다. 담과 철문을 넘고 부수려 했던 생각으로 늘 분주했던 사람이었다. 그 생각이 손가락에 눌린 곶감 속이되어 터져 나오려 할 때에 김 진사가 나타난 것이다. 운영이 김 진사에게 희망을 걸었던 건 당연한 수순. 어리지만 순수하고 똑똑한 김진사라면 자신을 도울 수 있겠다고 믿었던 것이지. 그러나 결과가말해 주듯 김 진사는 그런 깜냥이 못 되었다. 게다가 생각한 것만큼어리지도 순수하지도 않았다. 멀쩡한 가문과 보장된 앞날을 버리고여자를 택한다는 게 얼마나 위험한지 잘 알았던, 조금 과장해서 말하자면 세속에 닳고 닳았던 그저 그런 인물이었다. 이게 바로 김 진사와 운영이 꾸미던 일을 다 알고 있었으면서 그냥 내버려 둔 이유인 것이다. 운영이 스스로 깨달았으면 하는 바람에서.

비로소 이용이 떠나기 전 내게 주었던 열쇠의 비밀이 풀렸다. 속에서 쓴물이 올라왔다. 그러니까 이용은 다 알고 있었으면서 아무것도 모르는 척했던 것이다. 나는 꼭두각시였던 것. 시키는 대로 정확히 따라 하고 있었으면서도 내 의지로 결정했다고 믿었던 것. 결국이곳에서도 나만 바보였던 셈이다.

이제 나는 운영이 그토록 원했던 자유를 주었다. 그 사실이 뜻하는 바는 명확하다. 나는 운영의 주군이 아니고 운영은 나의 궁녀가아니라는 뜻이지. 우린 그저 한 남자와 한 여자일 뿐이다. 그래서 이제 운영에게 내 마음을 드러내려 한다.

이용은 그 대목에서 말을 잠깐 멈추었다가 다시 이어 갔다.

나는 운영이 내 곁에 남아 주었으면 한다. 평생을 나와 함께할 배우자로서 말이다. 너희들 모두가 보는 앞에게 약속을 하마. 나는 운영을 조금도 구속하지 않을 것이다. 나는 운영을 나와 동등한 동지이자 친구로 대우할 것이다. 물론 지금처럼 모든 게 다 갖춰진 삶을 살기는 힘들 것이다. 무계정사는 작고 소박한 집이 될 테니까. 하지만 그곳은 무릉도원이니라. 그 집에 사는 한 우린 세상의 풍파로부터 완벽하게 보호받을 것이다. 복숭아나무와 대나무 숲을 가꾸며 아름다운 한평생을 보낼 수 있을 것이다. 도연명이 꿈꾸었던 삶을 조선 땅에서 이루게 되는 것이지. 운영아, 너는 어찌 생각하느냐?

모두의 시선이 운영을 향했다. 운영은 숨을 크게 들이켰다 내뱉은 뒤 말을 시작했다.

먼저 자유를 주신 것에 대해 감사드려요. 제가 애들 대표는 아니지만요. 김 진사에 대해 하신 말씀, 닳고 닳았다는 조금은 편파적인 의견 빼곤 다 인정해요. 그래요, 김 진사는 어리고 꽉 막힌 사람이었어요. 열네 살에 진사가 되었다고 종합적인 사리판단에도 뛰어난 건 아니라는 평범한 진리를 다시 한 번 깨달았지요. 시험 문제를 푸는 것과 인생 문제를 해결하는 건 차원이 다르니까요. 그렇다고 김 진사를 원망하지는 않아요. 제가 그리는 미래가 있듯 김 진사에게도 꿈이 있었을 테니까요. 둘이 그리는 미래와 꿈이 서로 일치하지 않았을 뿐이니까요. 냉정하게 생각하면 김 진사는 대군께서 하신 말씀대로 올바른 판단을 내린 거예요. 철없는 사랑에 일생을 거는 건 바보짓이지요. 사람은 나이를 먹고 사랑은 변하니까요. 아니 사랑이라 말하는 것도 이상하네요. 저는 김 진사를 특별한 존재로 여긴 적이 단 한 번도 없었으니까요.

김 진사가 불쌍하다는 생각이 들었다. 녀석의 우유부단함 때문에 치를 떨었던 건 사실이었다. 그러나 그건 온통 혼란스러웠던 사건의 와중에서 김 진사가 내린 유일하게 훌륭한 결정일 수도 있었다. 하지만 그건 운영 말대로 제3자의 냉정한 관점에서 볼 때 그렇다는 것이었다. 이용과 운영에게 김 진사는 야구장 파울볼보다도 못한 대접을 받고 있었다. 불쌍한 녀석. 내가 보기에 김 진사는 후회막심한 상태일 것 같았다. 방에 처박힌 채 눈물만 쭉쭉 빼고 있을 게 분명했다. 김 진사는 딱 그 정도의 인간이었으니까. 잘 봐줘도 고딩 수준. 김 진사에겐 미안한 말이지만. 물론 그렇기에 더 김 진사에게 마음이 가는 거지만. 나와 비슷한 수준이어서. 한심한 놈 같으니. 그러게 왜 그런 짓을.

이제 저에게 해 주신 고마운 제안에 대한 입장을 말씀드릴게요. 몇 달 전에 똑같은 제안을 해 주셨다면 저는 두말없이 받아들였을 거예요. 하지만 시간은 사람을 변하게 하지요. 김 진사를 만난 뒤 제 생각은 달라졌어요. 다시 말씀드리지만 김 진사에게 특별한 마음이 있어서 그런 건 아니었어요. 김 진사를 보면서 그와 대군의 다른 점을 발견했다는 뜻이에요. 김 진사는 저를 진심으로 좋아했어요. 제가 원하는 걸 이뤄 주기 위해 꽤 많은 노력을 했어요. 물론 일은 잘 되지 않았지만요. 대군께서 저를 아끼신다는 것은 전부터 알고 있었어요. 저도 바보는 아니니까요. 저에게 미리 제안을 하셨다면 받아들였을지도 모른다는 건 그래서 드린 말씀이에요. 하지만 그때도 제 마음 한구석엔 머뭇거림이 있었지요. 왠지 모르게 불안한 구석이 늘 머리를 내밀었지요. 대군의 제안을 직접 듣고 보니 그게 뭔지 확실히 알게 되었어요. 대군은 저를 진심으로 좋아하는 게 아니에요. 그저 대군에게 딱 맞는 짝이라고 여기시는 거에 불과해요. 이만하면 어디 내놔도 부끄럽지 않겠구나 하는 마음으로 저를 고르신 거라고요. 저에게 선택권이 있는 것처럼 말씀하셨지만 실은 그렇지 않다는 걸 저는 잘 알고 있어요. 제안은 곧 명령이니까요. 우리에게 자유를 주신다고 해서 대군과 우리의 처지가 똑같아지는 건 아니니까요. 대군은 대군이고 우리는 우리니까요. 하늘은 하늘이고 땅은 땅이니까요. 그래서 저는 대군의 제안을 거부하겠어요. 무릉도원엔 혼자서 가세요. 왜냐고요? 대군의 무릉도원이지 저의 무릉도원은 아니니까요. 저의 무릉도원은 따로 있으니까요. 그게 아니라고 설득하실 필요도 없어요. 제 결정은 굳건하니까요. 제 목이 댕강 잘리는 한이 있더라도 절대로 마음을 바꾸지는 않겠어요.

운영이 괜히 페이를 닮은 게 아니었다. 상대방을 완전히 밟아 버리는 치명적인 언어 구사 능력과 머뭇거리지 않는 과감한 실행력에 있어서 둘은 쌍둥이였다. '돌아보지 말고 가라'라는 모토의 진정한 실천자들! 우물쭈물 망설이는 것을 모토로 삼고 사는 나와는 정반대 유형의 인간들! 그나저나 이 싸늘한 분위기는 어떻게 할 것인가? 이용의 얼굴은 하도 붉어서 짜내면 물감이 쭉쭉 흐를 것 같았다. 그 정도 물감의 양이면 눈 내리는 하늘에 X표 모양의 붉은 줄 수십 개를 쫙쫙 긋는 것도 불가능하지는 않으리라. 대군의 빛나는 명성에 붉은 줄이 쫙쫙 그어진 셈이었으니까. 왕족 중의 왕족으로만 살아왔던 이용으로선 전혀 예상하지도 못했던 난처한 흐름이었겠지. 딴에는 결단을 내려 궁녀들에게 자유를 주었고 운영에게도 강요가 아닌 제안의 형태로 마음을 고백했는데, 돌아온 건 그야말로 비수였으니까. 한 나라의 대군이, 현직 임금의 동생이 스무 살도 안 된 고딩 궁녀한테 처참하게 깨진 순간이었으니까. 믿기지 않는 건 이 와중에도 할멈은 빙긋 웃고 있었다는 것. 박쥐를 닮은 할멈이 과연 누구 편인지 진하게 의심이 들 정도로. 분위기를 바꾼 건 자란이었다. 자란은

157

이번에는 손을 번쩍 들고 아예 처음부터 좌우로 흔들었다. 이용이 똥 씹은 얼굴로 고개를 끄덕였다.

대군께서 하신 말씀 중 제 머리로는 도무지 이해가 되지 않는 게 있어서요. 무계정사에 사는 걸 정말로 아름다운 삶이라고 생각하세요?

무릉도원에서 사는 은거의 삶이 어찌 아름답지 않겠느냐? 그랬기에 도연명이 꿈을 꾼 게 아니겠느냐?

흠, 오래전에 운명하신 도연명은 그만 읊으시고 부디 현실적으로 좀 생각하셨으면 좋겠어요. 상황이 상황이니만큼 본론만 솔직히 말할게요. 저는 대군께서 얼마나 버티실지 모르겠어요. 지금껏 대군께서는 부족한 것 하나 없는 풍족한 삶을 사셨어요. 궁 같은, 아니 궁에 거처하시면서 우리들의 수발을 받으셨고, 당대의 명사들과 우정을 나누셨고, 남들은 평생 한 번도 먹어 보기 어려운 산해진미를 끼니마다 즐기셨지요. 최상급 수준의 예술품들을 비해당에다 두고 감상하신 것도 빼놓아서는 안 되겠네요. 검은 단추 누르면 예술품을 숨겨 놓은 비밀 공간이 나오는 거, 우리도 다 알고 있어요. 오해하지는 마세요. 대군을 비난하는 건 아니니까요. 대군께 예술품이란 산해진미만큼이나 중요하다는 뜻이지요. 그런 분께서 작은 집에 사시겠다? 편안함도, 음식도, 사람도, 예술도 멀리하시겠다? 복숭아와 대나무와만 교우를 나누시겠다? 음, 정말 그렇게 사실 수 있으세요?

당황한 이용은 말을 더듬었다.

일단, 일단…… 살아 봐야…….

제 이야기 아직 안 끝났어요. 아까부터 은거, 은거 하시는데 저는 그 말도 굉장히 수상하게 들려요. 대군께서 거처를 옮기시려는 이유가 사실은 수양대군 때문이라는 걸 우리도 다 알고 있어요. 수양대군의 야심을 가라앉히기 위한 불가피한 선택이라는 걸요. 그러니 은거가 아니라 정치적인 판단이라는 표현이 더 맞겠지요. 바꿔 말하면 무계정사에서의 삶은 아름다운 은거가 아니라 불안한 거주가 될 가능성이 더 높다는 뜻이지요. 수양대군의 야심이 현실로 드러나는 날에는…… 어휴, 그런 위험천만한 곳에 운영을 데려가겠다니 그게 말이나 되는 소리일까요? 진짜 운영을 마음에 두신 분이 하실 말씀일까요?

운영이 터뜨린 게 수류탄이었다면 자란은 아예 미사일을 쏜 것이다. 자란은 미사일 한 방으로 이용이 숨기고 싶었던 비밀까지 다 까발렸다. 이용의 교육은 분명 성공적이었다. 지나치게. 자란의 발언은 발칙하고 위험했다. 이용을 꽝 터뜨릴 정도로. 그러나 효과가 있었다. 뭐랄까, 이열치열 식으로. 폭발 직전에 있었던 이용의 얼굴은 언어 폭탄을 맞은 뒤 의외로 원래의 차분함을 되찾았던 것. 하긴,

더 무너질 것도 없었을 테니. 이용은 쿨하게 자신의 과오부터 인정했다.

자란의 말이 맞네. 무계정사에서 사는 건 쉬운 일은 아니겠지. 물질적인 부족함도 견뎌야 하고 외로움과 정치적인 위협에도 맞서야 할 터이니. 게다가 내겐 먹고사는 것보다 수십 배 중요한 예술품도 감상할 수 없고. 나와 함께 사는 건 죽음을 각오하지 않고는 불가능하기도 하고…… 허허, 오늘 너희들에게 한 수 배웠구나. 너희들이 정말로 자랑스럽다. 청출어람이 괜히 나온 말이 아니로구나. 그런 의미에서 운영에게 했던 제안, 아니 명령은…… 철회하겠다. 아까도 말했듯 너희들은 이제부터 자유다. 문을 열 것이니 너희들이 원하는 길을 마음껏 가도록 해라.

뜻밖의 반전이었다. 이용이 이렇듯 유연한 인간인 줄은 몰랐다. 우리 시대에는 보기 힘든 진짜 어른스러운 인간일 줄은 몰랐다. 아, 수양이 아닌 이용이 왕이 되었다면 얼마나 좋았을까? 〈잊혀진 계절〉이 왕실 음악이 되어 조선 천지에 꽝꽝 울려 퍼졌으면 얼마나 좋았을까? 아니지, 그것 또한 쿠데타이긴 마찬가지지. 성공한 쿠데타는 쿠데타가 아니라는 궤변도 있지만 누가 뭐래도 쿠데타는 쿠데타인 법. 임금 자리는 조카인 단종의 것이니 그래서는 안 되는 거지. 하지만 역사는…… 쓸쓸했다. 역사는 훌륭한 인간이 아니라 이상한 쪽으로 집요한 변태 인간들의 손을 들어 준다는 것을 다시 한 번 확인한 셈이니까. 어쨌거나 아무리 못마땅해도 그건 내 능력 밖의 일. 그럼…… 이걸로 끝인가? 이 사태는 디 엔드인가? 만든 이들의 이름을 보며 우울함은 꿀꺽 삼키고 뒷사람에게 방해되지 않게 머리 숙이고 천천히 퇴장하면 되는 건가? 밖으로 나가서 먼저 화장실에 간 느낌표 거북이 나오기만을 기다리면 되는 건가? 그러나 아직 다 끝난 게 아니었다. 흘러내리던 이름들이 멈추더니 위아래로 사라지고 끝났던 영화가 다시 시작되었다. 에피소드의 주인공은 자란. 자란이 손을 번쩍 들고 이렇게 말한다.

제가 대군을 따라가겠습니다. 좁은 집에서 살면서 거친 음식을 먹는 거, 저는 아무렇지도 않거든요. 예술품에는 원래부터 별 관심이 없었고요.

지나치게 몰입한 나는 관람객의 신분을 잊고 자란에게 질문을 던졌다.

뭔 소리예요? 목숨이 위태로울 수도 있다는 이야기 못 들었어요?

자란은 할멈처럼 빙긋 웃고는 대답했다.

괜찮습니다. 어차피 한 번 죽는 인생이니까요. 대군께서는 좀 불만스러우실 수도 있겠지요. 꿩 대신 닭인 셈이니까요. 하지만 닭도 때로는 꽤 쓸 만하답니다.

38

그래서 운영과 궁녀들은 모두 떠났어?

그래, 자란만 남고.

자란은 뜻밖이네?

뜻밖이지?

왠지 그럴 것 같은 느낌은 들었어.

결과 보고 하는 소리는 아니고?

얘는. 하긴 조금 다른 결론을 기대하긴 했어.

말해 봐.

자란과 운영이 함께 떠나는. 둘이서. 연인처럼.

그것도 재미있었겠네. 하지만 그건 내 권한 밖의 일.

정말?

정말.

고쳐 쓸 수 없다면 이야기는 이걸로 끝?

고쳐 쓰다니?

비유하자면.

음, 그래야겠지. 그건 그렇고 그걸로 끝은 아니었어.

왜?

느낌표 거북이 안 나타났거든.

운영이 떠났는데도?

그래.

자란이 여주인공 역할을 꿰찼는데도?

그래.

이용의 권위가 다 허물어졌는데도?

그래.

해야 할 일이 더 남았다는 뜻일까?

그런 거겠지. 어쩌면…….

어쩌면? 뭐? 설마 그 감옥 같은 공간에 영원히 갇혀 있는 거?

아니, 어쩌면 편지 때문이었는지도.

편지?

그래, 편지. 너와 내가 잘 아는 편지.

시인이 쓴 게 아니라던 그 편지?

그래, 그 편지.

그게 왜?

너, 그거 알아? 편지가 노래로도 만들어졌다는 거.

정말?

우리 집에 있더라. 안치환이라는 가수의 앨범에.

들어 봤어?

들어 봤지. 좋던데. 하마터면 울 뻔했어.

그게 무슨 뜻일까?

그냥 그렇다는 거지. 앨범이 나온 건 1997년. 어떤 관계였던 간에
이미 다 종료된 후의 일.

사랑과는 관계없다?

그렇겠지.

이별과도 관계없다?

그렇겠지.

그래도 재미있네. 아줌마가 하필 그 앨범을 사서 들었다니.

너무 달콤한 이야기지?

그 달콤?

그래, 그 달콤. 너무 달콤해서 문제인 그 달콤.

39

셰에라자드도 아닌데 이야기를 영원히 끌고 나갈 수는 없는 법.
그러므로 이제 이야기는 끝나야 한다. 나는 이렇게 쓴다.

며칠 후 눈이 그쳤다.

예고도 없이 갑자기.

솟을대문이 살짝 열렸다.

그 사이로 거북이 고개를 쑥 내밀었다.

40

이용은 내게 선물을 주었다. 이용다운 선물. 그림 한 점. 무심코 그림을 펼쳤다 깜짝 놀랐다. 페이와 내가 30초를 위해 네 시간을 기다렸던 그림, 비밀의 공간 비해당에서 이용과 함께 보았던 그림, 두 시간 동안 명상하듯 보았던 그림, 신숙주의 마음을 돌리기 위해 선물로 주어졌던 그림. 기뻤으나 어리둥절했다. 그렇다면 신숙주는? 나를 위하는 마음은 고맙지만 역사적인 관점에서 볼 때 신숙주가 나보다 백배는 더 중요한데?

가도가 새로 그린 그림입니다.

가도라면 안견인데? 안견과는 사이가 틀어졌다고 하지 않았나? 페이가 반달곰 주먹으로 내 머리를 툭 쳤다. 아, 드디어 깨달음이 왔

165

다. 이용과 안견은 공모를 한 것이었다. 아마 이용의 생각이었겠지. 안견을 보호하기 위해서. 아니 자신에게 무슨 일이 생기더라도 안견의 예술만은 길이 남기고 싶어서. 어쩐지. 먹 하나 때문에 사람을 배반한다는 게 도무지 믿기지 않았던 이유가 있었다. 그건 거짓이었으니까.

그림을 잘 보십시오.

이용의 말대로 그림을 자세히 살펴보던 나는 앗, 소리를 냈다. 그림 속 무릉도원에 사람이 있었다. 반쯤 열린 사립문 앞에 두 명의 사람이 서 있었다. 한 명은 남자였고, 한 명은 여자였다. 둘은 나를 보며 빙긋 웃고 있었다. 아름다웠다. 그래서 슬펐다. 어울리지 않게 눈물이 맺혔다. 그림에 떨어지지 않도록 재빨리 쓱 닦았다. 그러곤 너스레를 떨었다.

이 그림은 가짜네요. 진짜엔 사람이 없거든요.

둘 중 어느 것이 진짜일까요?

네?

둘 중 어느 것이 진짜 내 꿈을 그린 그림일까요?

전에 말씀하시길…….

그건 전에 꾸었던 꿈이지요.

또다시 나온 내가 그린 기린 그림과 네가 그린 기린 그림의 비교 상황. 물론 난 답을 하지 않았다. 무슨 말을 해도 어리석어 보일 테니까. 일어나기 전에 잠깐 고민했다. 무계정사가 무릉도원이 아닐 수도 있다는 걸, 낙원이 아닐 수도 있다는 걸 이용에게 말해 주어야 할까? 나는 속으로 고개를 저었다. 그건 내게 맡겨진 일이 아니었다. 노래는 가수에게. 시는 시인에게. 이용의 일은 이용에게. 나는 손을 내밀어 이용의 손을 잡고 짧은 축사를 했다.

좋은 꿈 많이 꾸시길.

이제 더는 꿈을 꾸고 싶지는 않군요.

몽상가가 꿈을 원하지 않는다고? 이용은 그림 속 남자처럼 빙긋 웃으며 얼마 전 내가 들었던 말을 반복했다.

옛사람은 잠을 자도 꿈을 꾸지 않았고, 깨어 있을 때는 걱정이 없었답니다.

할멈도 내게 선물을 주었다. 그림도 뜻밖이었지만 할멈의 선물은 상상도 못한 것이었다. 그건 한 통의 편지였다. 할멈은 빙긋 웃으며 말했다.

어젯밤 누군가 놓고 갔습니다.

겉봉엔 내 이름이 있었다. 보낸 이의 이름은 없었고. 편지를 꺼내 읽었다. 그리움과 깨달음이 담긴 쓸쓸하고 아름다운 편지를.

자란도 내게 선물을 주었다. 그게 뭔지는 아직은 비밀.

솟을대문을 나오기 전 모두에게 선물을 했다. 노래 선물. 그립다고 써 보니 차라리 말을 말자, 로 시작하는 안치환의 편지 노래. 노래가 끝나고 박수를 쳐 준 건 자란뿐이었다.

내가 밖으로 나오기 무섭게 솟을대문이 닫혔다. 철문도 아닌데 우리 엄마 조상님 목 잘리는 소리가 들렸다. 끔찍한 소리를 각오하고 서둘러 닫은 이유를 알 것 같았다. 매정하면서도 정갈한 이별 의식. 이용과 할멈과 자란의 방식. 거북은 거북답게 느릿느릿 걸었다. 등짝에 느낌표 같은 건 없었다는 사실만은 당신에게 밝혀야겠다. 등짝 상태가 여전히 안 좋은 걸 보니 나를 이용에게 안내했던 거북과 같은 거북임은 분명했다. 빼놓을 수 없는 건 얼굴. 내 할머니를 닮은 미소를 지닌 세상에 단 하나뿐인 거북이었으니까. 터덜터덜 걷는데 왠지 아쉬움이 남았다. (아마도) 한번 떠나면 다시는 돌아올 수 없는 곳. (분명히) 살아서는 결코 다시 만날 수 없는 이들. 걸음을 멈추었다. 뒤를 돌아보았다. 나는 그대로 소금 기둥이 되었다. 처음 보는 풍경, 그러나 익숙한 풍경. 이용의 궁은 이미 사라졌다. 이용도, 자란도, 할멈도 없었다. 보이는 건 그림 속 풍경뿐이었다. 그림에서 보았던 그 풍경이 내 눈앞에 펼쳐졌다. 복숭아나무와 대나무 숲이 있는 곳, 계곡을 흐르는 물소리, 산을 찢는 물소리가 배경음으로 들리는 그곳은 이미 몽유도원이었다.

41

굳은 약속을 쉽게 어겼던 그 밤, 나는 잘 잤습니다. 파루 소리에 잠깐 눈을 뜨기는 했지요. 나는 손만 뻗어 자리끼만 마시고는 다시 눈을 붙였습니다. 더는 깨지 않고 아침까지 푹 자다가 창호지를 비춘 환한 기운에 놀라 일어났습니다. 마음이 아무렇지도 않더군요. 무척 신기했습니다. 역시 사람 일은 마음먹기에 달렸구나 하는 깨달음을 다시 한 번 얻었지요. 감정에 휩싸여 헛되이 보냈던 나날들이 아프게 느껴졌습니다. 이제부터는 공부에 내 모든 힘을 쏟아부으리라 다짐했습니다. 보란 듯이 대과에 급제해 온 나라에 이름을 떨치리라 다짐했습니다. 내 부모를 기쁘게 해 드리리라 다짐했습니다. 그것이야말로 내 어처구니없었던 배반을 설명할 유일한 답이 될 테니까요. 세수하고 옷 갈아입고 책에 머리를 파묻고 있다가 신기한 소식을

들었습니다. 내 어머니께서 직접 사과를 깎아 주시며 전하신 말씀이
었지요.

대군께서 궁녀들을 다 내보내셨단다. 풍류 좋아하던 대군께서 갑
자기 왜 그러셨을까?

어머니께서 뭘 알고 하신 말씀은 아니었습니다. 내 앞에서 이런저
런 말씀을 하시는 게 어머니의 유일한 즐거움이셨으니 말이지요. 열
네 살에 진사가 된 천재 아들이 궁녀와 도망갈 뻔했다는 식의 허무
맹랑한 전개는 어머니의 단정한 머릿속에는 들어 있지도 않았으니
까요. 그 말에도 내 마음은 전혀 흔들리지 않았습니다. 나와는 관계
없는 머나먼 세계의 일이란 생각뿐이었지요.

낮이 지나고 밤이 왔습니다. 잠은 전혀 오지 않았습니다. 전날 밤
에 지나치게 잘 잤던 까닭이라 여기고 책을 읽었습니다. 그런데 밤
이 깊을수록 조금씩 글자가 흐려지더군요. 종내는 보이지 않게 되더
군요. 처음엔 등불을 의심했습니다. 등불은 멀쩡했습니다. 그렇다
면…… 아, 그건 눈물 때문이었습니다. 흐르는 눈물이 내 시야를 방
해한 것이었습니다. 소매로 닦았습니다. 닦고 또 닦다가 갑자기 억
울한 생각이 들어 아예 엎드려 울었습니다. 한참 울었더니 속이 시
원해졌습니다. 마지막 남은 눈물을 쓱 닦고는 밖으로 나왔습니다.
내리는 눈이 나를 반겼습니다. 벌써 며칠째 내리던 눈은 마지막을

직감한 듯 아예 온 힘을 다해 쏟아붓고 있었습니다. 온 세상을 다 덮은 뒤에야 물러가겠다는 결기가 느껴졌지요. 댕댕댕 파루 소리가 멀리서 들려왔습니다. 나는 대문을 열고 밖으로 나왔습니다. 신기하게도 내가 갈 길이 희미하게 보였습니다. 그 캄캄한 밤에 말입니다. 등불이라도 켠 것처럼 말입니다. 끝없이 이어진 그 길을 한참 보다가 다시 방으로 돌아와 편지를 썼습니다. 시와 사랑에 대해 나보다 더 잘 아는 똑똑하고 따뜻하고 귀중한 손님에게 편지를 썼습니다. 앞으로 내가 할 일은 명확합니다. 나는 보따리 하나 달랑 둘러메고 희미하면서도 선명한 길 앞에 설 겁니다. 부모님께 큰절을 하곤 내 앞에 놓인 길을 한 걸음, 한 걸음 밟아 나갈 겁니다. 이 편지를 받으셨을 무렵이면 저는 남쪽 지방을 향해 가고 있을 겁니다. 그 낯선 땅에서 뭘 할 거냐고요? 모르겠습니다. 일단은 운영의 집 앞에 쌓인 눈부터 치워야 하겠지요. 치운 눈을 붓으로 찍어 보고 싶다는 편지를 쓰고 또 써야겠지요. 사라지면 또 쓰고 사라지면 또 써야 하겠지요. 시점은 종점이 되고 종점은 다시 시점이 된다는 영원한 진리 하나를 가슴에 품고서요.

42

나무 우물을 들여다보는 페이의 머리를 탁 치지는 않았다. 그건 페이의 방식이었으니까. 조용히 뒤에 서서 페이의 우물 관람이 끝나기만을 기다렸다. 마침내 내 존재를 깨달은 페이. 페이는 전혀 놀라지 않았다. 전날처럼 투명 인간 취급을 하고는 제2전시실로 쓱 사라졌다. 도슨트 할머니의 빙긋 웃음이 용기를 주었다. 전시물을 둘러보는 쇼는 생략하고 곧바로 제2전시실로 향했다. 우리 엄마 조상님 한 분을 저세상에 보내고 들어온 내게 페이가 단발머리 찰랑이며 하는 말.

너 스토커니?

제2전시실은 친숙했다. 철제 침대만 있었다면, 뚫린 천장만 아니었다면 내가 거처했던 곳과 구별하기도 어려웠을 것이다. 크기는 달랐으나 느낌은 동일했다. 하늘을 봤다. 여전히 뭔가 부족해 보이는 모자란 하늘을. 페이가 고양이보다는 호랑이에 훨씬 더 가까운 목소리로 으르렁거렸다.

국문과도 때려치운 애가 문학관엔 왜 자꾸 오니?

전형적인 페이의 공격적인 말투에 하마터면 남 말 하네, 하고 대응할 뻔했다. 인자하고 친절한 도슨트 할머니는 지난 일주일간 페이가 하루도 빼놓지 않고 문학관에 왔다는 사실을 넌지시 알려 주었다. 나는 입을 꼭 다물고 가방에서 시집 한 권을 꺼내 페이에게 건넸다. 페이가 표지를 보며 말했다.

결국 알아내긴 했구나.

시집의 제목은 《슬픔이 없는 십오 초》. 페이의 포스트잇에 적혀 있던 글 중 몇 개는 바로 이 시집에서 온 것이었다.

애를 먹기는 했지.

이 책이 다가 아닌데?

알아.

다른 시집은 못 찾았어?

그건 아직. 앞으로 열심히 찾아봐야지.

그러든지. 내 알 바 아님.

책 한번 펼쳐 봐.

왜?

새로 포스트잇 붙였어. 이 시집을 우리의 새로운 시인의 책으로 만들면 어떨까 해서.

그러든지. 그것도 내 알 바 아님.

신경 안 쓰겠다?

신경 쓸 이유가 없잖아. 잊었나 본데 우린 아무 사이도 아냐.

난 눈을 쓸 거야.

웬 눈?

페이 네 집 앞에 쌓인 눈을 쓸 거라고.

우리 집이 아파트 12층이라는 걸 잊었니?

일종의 은유랄까. 그 눈으로 편지를 쓴다는 식의. 눈이 다 없어질 때까지 계속.

은유에 환장하는 건 6개월 전이나 똑같네.

6개월 하고 5일.

아무튼.

혹시 내가 쓴 메모의 출처는 찾았어?

김소월.

엥, 그걸 어떻게 알았어?

페이가 한심한 눈으로 나를 보았다.

왜?

내가 김소월의 〈산유화〉도 모를 것 같았니?

갑자기 눈이 내렸다. 짜고 치는 고스톱처럼. 당장 눈을 쓸고 싶었다. 그 눈을 찍어 편지를 쓰고 싶었다. 그립다고 써 보니 차라리 말을 말자……. 그러나 내겐 빗자루도, 붓도 없었다. 페이가 하늘을 보기에 나도 하늘을 봤다. 내리는 눈을 얼굴로 다 맞으며 하늘을 봤다.

비로소 하늘은 꽉 차 보였다.

완벽했다.

43

눈 내리는 수성동 계곡은 조용하고 아름다웠다. 페이가 중얼거렸다.

별세계 같네.

별은 안 보이는데?

페이가 반달곰 주먹을 들었다. 나는 일부러 피하지 않았다. 이것 또한 빗자루로 눈을 쓰는 거라고 생각하며. 하지만 머리는 쿵쿵 울렸다.

물소리 안 들려?

전혀.

수성동인데?

전혀.

여기에 수성궁이 있었던 건 알지?

알고말고.

여기가 실은 무릉도원이었던 거 알아?

페이는 눈을 크게 뜨고 나를 보았다.

그게 무슨 소리야?

그냥 그렇다는 거지. 그리고…….

그리고 뭐?

여기 거북이 한 마리가 살고 있는 건 알아?

그건 또 무슨 소리야?

그냥 그렇다는 거지.

오늘 좀 이상하네. 하긴 원래도 정상은 아니었지만.

너무 심한 거 아냐?

너무 심한 건 아냐.

내가 비밀 하나 알려 줄까?

그러든지.

나는 무릉도원에 일주일 넘게 있다가 왔어.

그랬겠지.

진짜야.

알아.

밤마다 꿈속에서 널 만나 이야기도 나눴어.

어쩐지 피곤하더라.

그런데 돌아와 보니 떠날 때 시간 그대로인 거야, 놀랍지 않니?

놀랍네. 기절할 정도로.

비밀 고백은 그 정도면 되었다는 생각이 들었다. 나는 페이의 허리에 손을 대고 몸을 살짝 돌렸다. 페이에게 눈 내리는 서울을 보여주기 위해.

남산타워 보여?

눈밖에 안 보여.

꼭 그날 같지?

그렇긴 하네, 꼭 그날 같네.

나는 좀이 눈처럼 내리는 심사정의 그림을 떠올리며 페이에게 말했다.

너 그거 알아, 진짜 〈몽유도원도〉엔 사람 두 명이 있다는 거?

그건 또 무슨 소리야?

내 방 벽에 〈몽유도원도〉가 있어. 그림 속엔 분명 두 사람이 있고. 궁금하지?

궁금하긴 하네, 물론 가짜겠지만.

보기 전엔 모르는 일. 가짜가 진짜일 수도 있고 진짜가 가짜일 수도 있으니까.

그렇기는 하지.

나는 주머니에서 옥가락지를 꺼내 페이에게 건넸다.

이건 또 웬 고대 유물?

500년도 더 된 거야. 품질은 내가 보증할 수 있지.

소비자보호원에 취직했니?

아니.

할머니의 유품이니?

어떤 의미에서는.

옥가락지는 페이의 손가락에 딱 맞았다. 너무 잘 맞아서 페이는
조금 놀랐다. 나는 전혀 놀라지 않았다. 그럴 수밖에. 그건 자란이 내
게 준 선물이었으니까. 아니 운영이 떠나기 전 내게 남긴 선물이었
으니까. 운영다운 선물. 김 진사는 운영을 만났을까? 녀석, 눈을 쓸
면서 엉엉 울고 있는 건 아닐까? 불쌍한 녀석. 한심한 녀석. 귀여운
녀석. 대견한 녀석. 페이가 옥가락지 낀 손가락을 보며 물었다.

궁금한 게 있어.

물어봐.

문학관에 내가 있을 줄 어떻게 알았어?

꿈에서 봤어.

정말?

정말.

신기하네.

너는?

뭘?

너는 문학관에 내가 올 줄 어떻게 알았는데?

근처에 일이 있어서 들렀던 것뿐이야.

진짜?

페이는 딴소리를 했다.

포스트잇엔 뭐라고 썼어?

이번엔 내가 딴소리를 했다. 아니 딴 노래를 시작했다. 이용과 할멈과 자란 앞에서 불렀던 노래를 조용히 부르기 시작했다. 노래가 끝나자 페이는 이렇게 말했다.

넌 시인이 될 거야.

국문과도 때려치웠는데?

시인은 학교에서 만들어지는 게 아니거든.

그런가?

그렇지.

그런데 왜 대학에 가라고 했어?

그냥.

페이가 검지를 들어 하늘을 가리켰다. 손가락을 따라가 보니 나비가 있었다. 노란 나비 한 마리가 눈 내리는 하늘을 날고 있었다. 우리는 말없이 나비를 봤다. 꿈에서 날아온 것 같은 아름다운 나비를 오랫동안 쳐다봤다.

PS 1.
그리고 남은 말들

5년 만에 다시 찾은 옛 시인의 문학관은 여전하다. 나무우물도 그대로였고 우리 엄마 조상님 죽이는 무서운 철문 소리도 그대로였다. 도슨트 할머니를 더는 볼 수 없었다는 것만 빼면 모든 게 똑같았다. 아, 그리운 할머니. 나는 제2전시실 벽에 기대어 하늘을 바라본다. 모자랄 것도 더할 것도 없는 하늘을. 생각해 보면 아저씨 말이 옳았다. 내가 학교를 그만두겠다고 하자 신입생 지도교수였던 아저씨는 나를 불러 자기 앞에 앉히고는 다시 한 번 잘 생각해 보라고 했다. 나는 충분히 생각했다고 대답했다. 아저씨는 갑자기 화를 냈다.

너도 엄마랑 똑같구나. 네 엄마도 결국 학교를 중간에 그만뒀지. 불공정한 세상을 더는 두고 볼 수만은 없다면서. 그래서 도대체 뭐가 바뀌었니?

갑작스럽게 튀어나온 말에 나보다도 더 놀란 건 아저씨였다. 잠시 후 교수의 근엄을 되찾은 아저씨는 알겠다고 했다. 원하는 대로 하라고 했다. 뭐라 말하고 싶었으나 생각해 보니 할 말이 없었다. 그래서 나는 아저씨, 아니 교수님에게 고개를 푹 숙여 보인 후 밖으로 나왔다.

나는 시인이 되지 못했다. 페이의 예언은 적중하지 않았다. 그렇다고 틀렸다고 말할 수도 없는 일. 내겐 아직 많은 날이 남아 있으니까. 혹시라도 페이가 나타난다면 물어보고 싶다. 도대체 무슨 근거로 그런 말을 했냐고.

그리운 페이. 보고 싶은 페이.

페이는 오지 않을 것이다. 아니, 올 이유가 없다. 페이 식으로 말하자면 우린 또다시 아무 사이도 아닌 사이가 되었으니까.

페이는 올 것이다. 어젯밤 꿈에서도 그랬으니까. 내 뒤에 서 있다가 반달곰 주먹으로 내 머리를 쥐어박았으니까. 나는 문 닫기 직전 헐레벌떡 도착할 페이와 함께 사랑의 역사에 대해 길고 긴 이야기를 나눌 것이다.

꿈을 믿는 나는, 옛사람이 못 된 나는 아직 몽상가다.

눈이 내렸으면 좋겠다.

세상을 뒤덮을 정도로 눈이 많이 내렸으면 참 좋겠다.

그 눈을 뚫고 내 할머니 닮은 거북 한 마리가 기어가는 모습을 다시 한 번 봤으면 정말로 좋겠다.

나는 페이의 집 앞에 쌓인 눈을 쓸고 또 쓸 것이다.

페이가 거북을 더 잘 볼 수 있도록.

페이, 내가 과연 그 거북을 만날 수 있을까?

페이, 페이, 페이, 나비를 부르는 재주를 지닌 너는 어떻게 생각하니?

PS 2.

마지막 문장

마지막 문장보다 중요한 건 없다. 내가 생각한 후보는 셋이다.

사랑은 뱀과 함께

독은 어린 꽃과 함께.

종점이 시점이 된다.

다시 시점이 종점이 된다.

내를 건너서 숲으로

고개를 넘어서 마을로

　아직 시인이 못 된 나는, 초보 작가 시늉만 내는 나는 도무지 결론을 내리지 못하겠다.

　당신은 어느 쪽이 더 마음에 드는지?

1 오규원, 〈사랑의 기교 1〉 (《왕자가 아닌 한 아이에게》, 문학과지성사, 1978, 84쪽)

2 오규원, 〈당신을 위하여〉 (위의 책, 14쪽)

3 오규원, 〈문득 잘못 살고 있다는 느낌이〉 (위의 책, 18쪽)

4 심보선, 〈둘〉 (《슬픔이 없는 십오 초》, 문학과지성사, 2008, 58쪽)

5 심보선, 〈나를 환멸로 이끄는 것들〉 (위의 책, 24쪽)

6 심보선, 〈우리가 소년 소녀였을 때〉 (위의 책, 48쪽)

7 진은영, 〈일곱 개의 단어로 된 사전〉 (《일곱 개의 단어로 된 사전》, 문학과지성사, 2003, 14쪽)

8 성미정, 〈야구 선생님〉 (《대머리와의 사랑》, 세계사, 1997, 60쪽)

9 심보선, 〈그때, 그날, 산책〉 (심보선, 앞의 책, 122쪽)

10 김소월, 〈바람과 봄〉

11 김소월, 〈서울 밤〉

12 김소월, 〈꿈〉

13 김소월, 〈산유화〉

14 윤동주, 〈태초의 아침〉

인용하거나 참고한 책들

김경임, 《사라진 몽유도원도를 찾아서》, 산처럼, 2013

김소월, 《김소월, 한국현대시문학대계 6》, 지식산업사, 1980

박희병·정길수 편역, 《사랑의 죽음》, 돌베개, 2007

성미정, 《대머리와의 사랑》, 세계사, 1997

서신혜, 《조선인의 유토피아》, 문학동네, 2010

심보선, 《슬픔이 없는 십오 초》, 문학과지성사, 2008

오규원, 《왕자가 아닌 한 아이에게》, 문학과지성사, 1978

오주석, 《옛 그림 읽기의 즐거움》, 솔, 1999

이건청 편저, 《나의 별에도 봄이 오면》, 문학세계사, 1981

이종묵, 《조선의 문화공간 1》, 휴머니스트, 2006

정길수, 《17세기 한국 소설사》, 알렙, 2016

진은영, 《일곱 개의 단어로 된 사전》, 문학과지성사, 2003